와사등 / 기항지

저자
김광균(金光均, Kim Gwang-Gyoon, 1914.1.19~1993.11.23) _ 1914년 개성에서 출생한 김광균은
열세 살인 1926년『중외일보』에「가신 누님」을 발표하고, 이어서 1930년엔「야경차(夜警車)」를
『동아일보』에 발표하면서 시인으로서의 모습을 드러냈다. 그 후『시인부락』,『자오선』동인으
로 활동하면서 본격적인 시인의 행보를 걷는데, 1938년『조선일보』신춘문예에「설야(雪夜)」가
당선되면서 그의 입지는 보다 확고해졌다. 1939년 그의 첫 번째 시집『와사등(瓦斯燈)』(남만서
점)을 출판하였고, 해방기인 1947년에 두 번째 시집『기항지(寄港地)』(정음사)를 펴냈다. 그러
나 1952년 동생의 사업을 이어받으면서 시단에서 한 발 물러서게 되고, 따라서 1957년에 출판된
세 번째 시집『황혼가(黃昏歌)』(산호장)는 그의 문단 은퇴 시집이 되었다. 이후 사업에만 매진하
다가 의욕적으로 1977년 기존의 시들을 다시 다듬어『와사등』(근역서재)을 출판하였고, 1986년
에는 네 번째 시집인『추풍귀우(秋風鬼雨)』(범양사)를 출판하는 등 문단활동을 이어 나갔다. 김
광균은 1930년대 모더니즘 시운동을 이끈 시인으로, "모든 시는 회화이다"라는 그의 주장을 모든
시에서 관철하고 있다. 도시적 감수성과 이미지를 극대화하는 시적 정서와 감각적인 시어들의
사용은 현대 문명의 비애와 인간의 절대 고독을 표현하였고, 이것은 그의 시가 낭만적이고 감성
적이라는 평가를 받는 근거가 되었다.

편저자
배선애(裵善愛, Bae Seon-Ae) _ 1969년 경남 함안에서 출생, 2003년에 성균관대학교에서 문학박
사학위를 받았고 지금은 성균관대 학부대학 겸임교수로 재직 중이다. 현재『한국극예술연구』의
편집위원이며, 월간『객석』과 계간『공연과 이론』,『한국희곡』등의 필자로 연극평론가 활동을
지속하고 있으며, 민족문학사연구소, 한국극예술학회, 반교어문학회 등에서 한국 극예술과 근
대 공연문화에 대한 연구를 지속하고 있다.

와사등 / 기항지

초판 인쇄 2014년 11월 10일 **초판 발행** 2014년 11월 20일
지은이 김광균 **엮은이** 배선애 **펴낸이** 박성모 **펴낸곳** 소명출판 **출판등록** 제13-522호
주소 서울시 서초구 서초중앙로6길 15(서초동 1621-18 란빌딩 2층)
전화 02-585-7840 **팩스** 02-585-7848 **전자우편** somyong@korea.com **홈페이지** www.somyong.co.kr

값 9,000원 ⓒ 배선애, 2014

ISBN 979-11-85877-78-5 04810
ISBN 979-11-85877-77-8(세트)

이 저서는 2005년 정부의 재원으로 한국연구재단의 지원을 받아 수행된 연구임(AS005).

민족문학사연구소 정본총서 03

와사등 / 기항지
瓦斯燈 　　奇港地

원본비평연구

김광균 저
배선애 편

소명출판

'사상누각(沙上樓閣)'이란 말이 있다. 이는 모래 위에 집을 짓는 일이 얼마나 위험한가를 알려주는 경구(警句)다. 달리 말해서 기초가 부실하면 제 아무리 뛰어난 연구라도 아무 소용이 없는 일이 될 수 있다는 것이다. 문학 연구에서 원전비평이 필요한 이유도 이와 같다고 하겠다.

이같은 취지에서 출발하여 오랜 연구과정을 거쳐 펴내는 이 총서는 인하대학교 한국학연구소와 민족문학사학회(민족문학사연구소)가 컨소시엄을 구성하여 2005년 한국학술진흥재단(현 한국연구재단)에서 시행한 기초학문육성 인문사회분야 지원 사업에서 2005년 9월부터 2008년 8월까지 3년간 중형과제로 선정되어 수행한 연구결과물이다. 그 사업의 연구과제명은 '식민지 시대 주요 한국문학 작품의 정본화를 위한 기초자료 조사 및 원본비평 연구'로서, 시 분야에서는 시집을 중심으로 만해 한용운부터 노천명까지 10여 명의 시인들을, 소설 분야에서는 장편소설을 중심으로 하되 염상섭의 『삼대』부터 김동리의 단편소설까지 역시 10여 명의 소설가들을 연구대상으로 삼았다.

이 연구의 과정은 주어진 연구기간 동안 큰 문제점 없이 진행되어 그 결과보고서를 지정된 기한 내에 한국학술진흥재단에 제출함으로써 순조롭게 마무리되었다. 그러나 연구결과물을 자료집(저서)의 형태로 출간하는 데는 예상치 못한 난관들로 인해 부득이 늦어지게 되어 아쉬움이 없지 않다. 게다가 정지용과 같은 몇몇 중요한 문인들의 작품들이 함께 출간되지 못한 것도 유감스러운 일이다. 다 좋은 결과가 이루어지기를 바라는 마음에서 비롯된 것이니, 이제 와서 누구를 탓할 수도 없다. 아무튼 뒤늦게나마 그 결과를 이렇게 묶어내게 되어 한편으론 매우 다행스럽다.

이 총서의 결과는 여기에 참여한 모든 연구자들이 공동으로 져야 할 몫이지만, 그래도 누구보다 가장 큰 책임은 개별 과제를 떠맡았던 연구자 각 개인에게 있다고 할 것이다. 아울러 이 연구물들이 향후 한국문학 연구의 진정한 디딤돌이 되기를 바라마지 않는다.

　나의 기억 속에 김광균의 시는 온갖 수사법의 명칭으로 밑줄이 가득한, 외울 것이 참 많은 시였다. 모든 것을 암기해야하는 그때 당시로는 모더니즘이니 이미지즘이니 하는 김광균 시에 대한 해설도 그저 외워야하는 대상일 뿐이었다. 시간이 흘러 나는 문학연구자가 되었고, 이번 정본 작업을 진행하면서 새삼 깨달았다. 김광균 시에 대한 나의 이해가 얼마나 파편적이고 형편없는지를.

　정본 작업은 마치 고고학자가 공룡의 화석을 발굴하는 것과 흡사했다. 공룡의 형상을 가능한 완벽하게 복원하기 위해서 흙더미 속을 파헤치고 작은 뼈 조각도 세심히 살피는 길고 긴 시간의 작업. 김광균 시의 정본을 연구하는 것도 마찬가지였다. 헤아릴 수 없을 만큼 많이 출판된 그의 시집들을 모아놓고 중요한 판본들을 가려내어 중심 뼈대를 잡았고, 그 판본들 사이에서 발견되는 차이들을 면밀히 비교하여 작은 뼈 조각들을 붙여 나갔다. 최대한 시인이 의도한 원래의 모습이 될 수 있도록 시어는 물론 마침표 하나까지도 놓치지 않고 그 변화의 추이를 추적하였다. 이 책에서는 분량 관계로 각 판본의 세세한 비교들을 실을 수 없어서 그 점이 매우 아쉽지만, 이 자체가 긴 시간 세밀한 비교와 대조의 결과물이라는 것만은 강조하고 싶다.

정본 작업을 진행하면서 다시 한 번 확인한 사실은 시인 김광균은 자신의 시어에 대한 애정이 각별하다는 것이다. 잡지와 신문에 처음 발표했을 때와 『와사등』, 『기항지』의 시집으로 묶어냈을 때 달라진 시어들에 대해 1977년의 『와사등』에서 시인이 직접 시어들을 정리한 것이 대표적인 예이다. 이에 따라 '가급적이면 현대표기법으로 바꾼다'는 정본 작업의 원칙을 많은 경우 지키지 않았다. 시어 자체가 이미지가 되는 김광균의 시는 시인이 의도한 그대로여야만 그 의미와 정서가 살아났기 때문이다.

이 책은 1939년에 출판된 김광균의 제1시집 『와사등』과 1947년의 제2시집 『기항지』를 한 권으로 묶었다. 『기항지』에 게재된 시편이 상대적으로 매우 적기 때문이다. 독자의 입장에서는 두 시집을 나란히 읽으면서 김광균의 시 세계를 관통하는 모더니즘이 10여 년에 가까운 시간을 어떻게 내면화하였는가를 살펴보는 일도 흥미로울 듯하다. 세밀한 작업과 오랜 시간의 결과물인 『원본비평연구 와사등 / 기항지』를 통해 독자들은 김광균의 시를 밑줄 긋고 분석하는 대신 그 자체를 한 편의 그림으로 느낄 수 있기를 바란다.

보통의 인내로는 버거운 정본 작업을 지치지 않고 끝낼 수 있도록 함께 해 준 민족문학사연구소 정본연구팀의 팀원들에게 감사의 말씀을 전한다. 정본 연구의 중요성을 이해하고 출판의 용기를 내준 소명출판과 박성모 사장님도 무척 고맙고 감사하다. 마지막으로, 꼼꼼하다고 자부하는 나보다 몇 배나 더 꼼꼼한 편집부의 한성

옥 선생님과, 전체 총서의 체계에 맞춰 새로 편집해야 하는 번거로 움을 흔쾌히 받아들여준 김하얀 선생님께도 고마운 마음을 담뿍 드린다.

2014년 가을 배선애

기항지

9

와사등
瓦斯燈

오후의 구도(構圖)[1]

바다 가까운 노대(露臺)[2] 위에
아네모네의 고요한 꽃방울[3]이 바람에 졸고
흰 거품을 물고 밀려드는 파도의 발자취가
눈보라에 얼어붙은 계절의 창 밖에
나즉이 조각난 노래를 웅얼거린다.

천정(天井)[4]에 걸린 시계는 새로 두 시
하ー얀 기적 소리를 남기고
고독한 나의 오후의 응시(凝視) 속에 잠기어 가는
북양항로(北洋航路)의 깃발이
지금 눈부신 호선(弧線)[5]을 긋고 먼 해안 위에 아물거린다.

---

1 이 시는 1935년 5월 1일 『조선중앙일보』에 처음 발표되었다.
2 노대(露臺) : ① 공연이나 행사 따위를 하기 위하여 지붕이 없이 판자만 깔아서 만든 무대. ② 이 층 이상의 양옥에서, 건물 벽면 바깥으로 돌출되어 난간이나 낮은 벽으로 둘러싸인 뜬 바닥이나 마루 = 난간뜰. ③ 군함에서, 먼 곳을 바라볼 수 있게 뒤편에 세운 대(臺).
3 꽃방울 : '꽃봉오리'의 잘못. 시의 어감을 살리기 위해 표준어로 고치지 않기로 한다.
4 천정(天井) : 천장(天障)의 잘못. 그러나 시적 의미를 살리기 위해 현대어로 수정하지 않는다.
5 호선(弧線) : 활등 모양으로 굽은 선.

기인 뱃길에 한 배 가득히 장미를 싣고
황혼에 돌아온 작은 기선(汽船)[6]이 부두에 닻을 내리고
창백한 감상(感傷)에 녹슬은[7] 돛대[8] 위에
떠도는 갈매기의 날개가 그리는
한줄기 보표(譜表)[9]는 적막하려니

바람이 올 적마다
어두운 커-튼을 새어 오는[10] 햇빛에 가슴이 메어
여윈 두 손을 들어 창을 내리면
하이얀 추억의 벽 위엔 별빛이 하나
눈을 감으면 내 가슴엔 처량한 파도 소리뿐.

---

6 처음 발표될 때에는 "돛대들이"로 되어 있다.
7 이 시어를 표준어로 고치면 '녹슨'이 되지만 시의 이미지와 어감을 위해서는 '녹슬은'이 더 효과
   적이라고 판단하여 현대 표기법을 적용하지 않았다.
8 처음 발표될 때에는 "날근 船橋"로 되어 있다.
9 보표(譜表) : =오선(五線)
10 이 시어의 뒤에는, 처음 발표될 때에는 "蒼白헌", 첫 단행본에서는 "보이얀"이라는 시어가 있지
   만 저본으로 삼은 근역서재 본『와사등』에서는 이 시어가 생략되어 있다.

해바라기의 감상(感傷)[11]

해바라기의 하―얀 꽃잎 속엔
퇴색(褪色)한 작은 마을이 있고
마을 길가의 낡은 집에서 늙은[12] 어머니는 물레를 돌리고

보랏빛 들길 위에 황혼이 굴러 내리면
시냇가에 늘어선 갈대밭은
머리를 흩트리고 느껴 울었다.

아버지의 무덤 위에 등불을 키려
나는 밤마다 눈멀은 누나의 손목을 이끌고
달빛이 파―란 산길을 넘고.

11 이 시는 1935년 9월 13일 『조선중앙일보』에 처음 발표되었는데, 여기서는 「시 2편」이라는 제목
    으로 「해바라기의 감상」과 「思航」이 게재되어 있다. 첫 단행본부터 「사항」은 빠져있다. 이 시
    의 전문은 다음과 같다.
        파도우에 찬란히 부서지는 하―얀 船體의影像속에
        나는 내記憶의 蒼白히 구더지는表情을凝視허고잇섯다
        늦겨우는 물길우에 아득히 떠도는
        陸地의餘音이 고독헌밤이면
12 이 시어는 처음 발표될 때는 없었으나, 첫 단행본부터 첨가되었다.

향수의 의장(意匠)[13]

황혼에 서서

바람에 불리우는 서너 줄기의 백양나무가
고요히 응고(凝固)한 풍경 속으로
황혼이 고독한 반음(半音)을 남기고
어두운 지면(地面) 위에 구을러 떨어진다.

저녁 안개가 나즉이[14] 물결치는 하반(河畔)[15]을 넘어
슬픈 기억의 장막 저편에

---

13 이 시는 1936년 1월 16일 『조선중앙일보』에 처음 발표되었다. 이 때에는 「향수의 의장」이라는
제목하에 「황혼에 서서」, 「동화적인 풍경」, 「감상적인 묘지」의 세 편으로 구성되었으나, 이후
에 「감상적인 묘지」는 빠졌다. 이 시의 전문은 다음과 같다.
　透明헌 공기를 뚫고
　蒼白한 黃昏이창밖에 올때마다
　안해는
　窓가에 기대어 고요히 彫刻같이 말이 없고
　나는 華麗허였든 어머니의 肉體우에
　褪色헌 追憶의 촛불을 켜려
　하이-헌 鐘소리가 굴러나리는
　墓地의 돈대를 걸어옵는다
　의장(意匠) : 시각을 통하여 미감(美感)을 일으키는 것.
14 처음 발표될 때에는 '고요히'로 되어 있다.
15 하반(河畔) : =강 가.

고향의 계절은 하이얀[16] 흰 눈을 뒤집어쓰고

동화(童話)

내려 퍼붓는 눈발 속에서
나는 하나의 슬픈 그림자[17]를 찾고 있었다.

조각난 달빛과 낡은 교회당이 걸려 있는
작은 산 너머[18]
엷은 수포(水泡) 같은 저녁별이 스며 오르고
흘러가는 달빛 속에선 슬픈 뱃노래가 들리는
낙엽에 쌓인 옛 마을 옛 시절이[19]
가엾이 눈보라에 얼어붙은 오후.

---

16 이 시어의 표준어는 '하얀'이다. 그러나 김광균은 이 시어처럼 의도적으로 바꾼 시어들이 대거
  등장하고, 그것이 김광균 시의 이미지와 리듬을 주조하고 있기 때문에 여기서도 그러한 특성을
  존중하여 현대 표기법을 적용하지 않기로 한다.
17 처음 발표될 때와 첫 단행본에서는 "그림"으로 되어 있는데, 여기서는 저본에 근거하여 "그림자"
  로 확정하였다.
18 처음 발표될 때에는 "창백히 여윈 숲가에"로 되어 있다.
19 처음 발표될 때에는 "적은마을의 記憶이"로 되어 있다.

창백한 산보(散步)[20]

오후
하이얀 들가의 외줄기 좁은 길을 찾아 나간다.[21]

들길엔 낡은 전신주가
의장병(儀仗兵)[22]같이 나를 둘러싸고
논둑을 헤매던 한 떼의 바람이
어두운 갈대밭을 흔들고 사라져 간다.

잔디밭에는
엷은 햇빛이 화분(花粉)[23]같이 퍼붓고
고웁게 화장한 솔밭 속엔
흘러가는 물소리가 가득-하고

---

20 이 시는 1935년 11월 22일 『조선중앙일보』에 처음 발표되었다. 여기에 밝힌 창작일은 1935년
  10월 28일이다.
21 처음 발표될 때에 이 시행의 앞에는 "푸른하늘을 굴러떠러지는 회파람소리를 쪼차 나는 蒼白한
  庭園의 門을나서서 들가에"라는 표현이 있었다. 이것은 첫 단행본부터 생략된다.
22 의장병(儀仗兵) : 의장대에 속한 군사.
23 화분(花粉) : 꽃가루.

여윈 그림자를 바람에 불리우며

나 혼자

조락(凋落)[24]한 풍경에 기대어 서면

쥐고 있는 지팡이는 슬픈 피리가 되고

금공작(金孔雀)[25]을 수놓은 옛 생각은 섧기도 하다.

저녁 안개 고달픈 기폭(旗幅)[26]인 양 내려 덮인

단조로운 외줄기 길가에

앙상한 나뭇가지는

희미한 촉수(觸手)를 저어 황혼을 부르고[27]

조각난 나의 감정의

한 개의 슬픈 건판(乾板)[28]인 푸른 하늘만

---

24 조락(凋落) : ① 초목의 잎 따위가 시들어 떨어짐. ② 차차 쇠하여 보잘것없이 됨.
25 금공작(金孔雀) : 황금색 공작새.
26 기폭(旗幅) : 깃발.
27 처음 발표될 때에 5연은 총 9행으로 구성되어 있는데, 첫 단행본부터 4행으로 줄어든다. 첫 발표
   당시의 5연 전체 내용은 다음과 같다.
   어두운 追憶의길가에 落葉은 훗날리고
   앙상한 나무가지는
   하얀觸手를 들어 黃昏을 부르고
   날카로운 季節의凝視에 피로한
   나의午後의 散步는
   숲플가에 허터진菊花와 바람소리를 헤치며
   저녁안개가 고달푼 旗幅가치나려덥힌
   單調로운 외줄기 길가에
   蒼白히 이즈러진 生活의별을 치어다본다
28 건판(乾板) : ① 활지 지형(紙型)을 눌러 만드는 기계. ② 사진에 쓰는 감광판의 하나. 유리나 셀
   룰로이드 같은 투명한 것에 감광액을 발라서 암실에서 말린다. 여기에서는 의미 상 감광판의 하

19

머얼리 발밑에 누워 희미하게 빛나다.

지등(紙燈)[29]

창(窓)

어제도 오늘도 고달픈 기억이
슬픈 행렬을 짓고 창밖을 지나가고
이마에 서리는 다정한 입김에 가슴이 메어
아네모네의 고요한 꽃방울에 눈물 지운다
오후의 노대(露臺)에 턱을 고이면
한 장의 푸른 하늘은 언덕 너머 기울어지고

북청(北靑) 가까운 풍경

기차는 당나귀같이 슬픈 고동을 울리고
낙엽에 덮인 정차장(停車場) 지붕 위엔
까마귀 한 마리가 서글픈 얼굴을 하고

---

29 이 시는 1936년 2월 29일 『조선중앙일보』에 처음 발표되었다. 여기서 밝힌 창작일은 1936년 2월 7일이다.

코발트빛 하늘을 쫍고[30] 있었다.

파리한 모습과 낡은 바스켓을 가진 여인 한 분이
차창에 기대어 성경을 읽고
기적이 깨어진 풍금(風琴)같이 처량한 복음을 내고
낯설은 풍경을 달릴 적마다
나는 서글픈 하품을 씹어 가면서
고요히 두 눈을 감고 있었다.

호반(湖畔)의 인상[31]

언덕 위엔
병든 소를 이끌은 소년이 있고
갈댓잎이 고요한 수면 위에는
저녁 안개가 고운 화문(花紋)[32]을 그리고 있다.

조그만[33] 등불이 걸려 있는 물결 위로
계절의 망령같이

---

30 쫍고 : 쪼고. 시의 어감을 살리기 위해 현대 표기법을 적용하지 않았다.
31 처음 발표될 때에는「星湖의印象」이라는 제목이었다.
32 화문(花紋) : 꽃무늬.
33 처음 발표될 때에는 "하이-헌"으로 되어 있다.

검푸른 돛을 단 작은 요트가[34]
노을을 향하여 흘러내리고

나는 잡초에 덮인 언덕길에 기대어 서서
풀잎 사이로 새어 오는
해맑은 별빛을 줍고 있었다.

---

34 처음 발표될 때 이 시행은 "蒼白한 돛을단 帆船들이"로 되어 있다.

산상정(山上町) [35]

카네이션이 흩어진 석벽(石壁) 안에선
개를 부르는 여인의 목소리가 날카롭다.

동리는 발 밑에 누워
먼지 낀 삽화같이 고독한 얼굴을 하고
노대(露臺)가 바라다 보이는 양관(洋館) [36]의 지붕 위엔
가벼운 바람이 기폭(旗幅)처럼 나부낀다.

한낮이 겨운 하늘에서 성당의 낮 종이 굴러 내리자
붉은 노트를 낀 소녀 서넛이
새파란 꽃다발을 떨어트리며
햇빛이 퍼붓는 돈대(墩臺) [37] 밑으로 사라지고

---

35 이 시는 1936년 4월 4일『조선중앙일보』에 처음 발표되었는데, 이 때 밝힌 창작일은 1936년 4월
    7일이다.
    산상정(山上町) : 1930년대 전북 군산에 있는 지명. 현 선양동.
36 양관(洋館) : 양옥.
37 돈대(墩臺) : 평지보다 높직하게 두드러진 평평한 땅.

어디서 날아온 피아노의 졸린 여운이
고요한 물방울이 되어 푸른 하늘에 스러진다.

우유차의 방울 소리가 하―얀 오후를 싣고[38]
언덕 넘어 사라진 뒤에
수풀 저쪽 코트 쪽에서
샴페인이 터지는 소리가 서너 번 들려오고
겨우 물이 오른 백화나무 가지엔
코스모스의 꽃잎같이
해맑은 흰 구름이 쳐다보인다.

---

38 처음 발표될 때에는 이 시행의 앞에 "낡은빛을헌 季節의 帽子를 눌러쓰고 / 외줄기 좁은 길을 것
고있으면"의 두 행이 있는데, 첫 단행본부터 생략되었다.

벽화[39]

정원

옛 기억이 하—얀 상복을 하고
달밤에 돈대를 걸어 내린다.

어두운 나의 천정엔
어렸을 때 분수(噴水)가에 잊어버린 무수한 별들이

---

[39] 이 시는 1935년 9월 26일 『조선중앙일보』에 처음 발표되었다. 여기서 밝힌 창작일은 1935년 7월 8일이며, 「벽화」라는 제목으로 모두 다섯 편을 발표하였는데, 첫 단행본부터 두 편이 제외된 3편이 게재되었다. 제외된 두 편은 「고독한 版圖」와 「海邊에 서서」로, 그 전문은 다음과 같다.
「고독헌版圖」
「○古里歐克」의 희미헌 記憶속에
그날밤
樓○는 눈속에 파무치고
고덕헌 氷原넘어 잠기여간
季節의 발자최 우엔
우리들의 鄕愁를 실은 적은 馬車가 지나갓섯다

「海邊에서서」
텅비인 바다가에는 재여진 樂器가 하나
물결우에는 바람에 불리우는 臺○가 다섯
나의푸른 鄕愁속에 누어잇는 北海의記憶속엔
오늘도 어두운 파도소리가
그립은 옛曲調을 웅얼거리고
(본문의 '○'는 원전 상 판독이 어려운 한자이다.)

고요히 조을기⁴⁰ 시작하고.

방랑의 일기에서

헐어진 풍차 위엔
흘러가는 낙엽이 날카로운 여음(餘音)을 굴리고
지롤⁴¹의 조락한 역로(驛路)에 서서
나는
유리빛 황혼을 향하여 모자를 벗고.

남촌(南村)

저녁 바람이 고요한 방울을 흔들며 지나간 뒤
돌담 위의 박꽃 속엔
죽은 누나의 하―얀 얼굴이 피어 있고
저녁마다 어두운 램프를 처마 끝에 내어 걸고

---

40 이 시어를 표준어로 고치면 '졸기'이지만 시어의 어감을 살리기 위해 현대 표기법을 적용하지 않
   았다.
41 지롤 : 티롤(Tirol)의 일본식 발음. 오스트리아 서부의 지명.

나는 굵은 삼베옷을 입고[42] 누워 있었다.

석고(石膏)의 기억[43]

창백히 여윈 석고의 거리엔 작은 창문이 있고
어두운 가열(街列)[44]이 그친 곳에
고웁게 화장한 종루(鐘樓)가 하나 달빛 속에 기울어지고

자금[45]빛 향수(鄉愁) 위에 그렇게 화려한 날개를 피던
지금 나의 망막 위에 시들은 청춘의 화환이여[46]
나는 낡은 애무의[47] 두 손을 벌려 너를 껴안고
싸늘히 식어진[48] 네 가슴 위에
한 포기 장미와 빛나는 오월의 구름을 던져 주련다.

---

43 이 시는 1935년 7월 24일 『조선중앙일보』에 "밀톤의 古畵集에서"라는 부제를 붙여 처음 발표되
     었다.
44 가열(街列) : 길거리.
45 자금(紫錦) : 자줏빛 비단.
46 처음 발표될 때에는 "季節을이즌 거리의記憶이여"로 되어 있다.
47 처음 발표될 때에는 "回憶의"로 되어 있다.
48 처음 발표될 때에는 "응고한"으로 되어 있다.

외인촌(外人村)⁴⁹

하이한⁵⁰ 모색(暮色)⁵¹ 속에 피어 있는
산협촌(山峽村)의 고독한 그림 속으로
파-란 역등(驛燈)⁵²을 달은⁵³ 마차가 한 대 잠기어 가고
바다를 향한 산마루 길에
우두커니 서 있는 전신주 위엔
지나가던 구름이 하나 새빨간 노을에 젖어 있었다.

바람에 불리우는 작은 집들이 창을 내리고

---

49 이 시는 1935년 8월 6일 『조선중앙일보』에 "續咸鏡線의點描"라는 부제가 병기된 「外人村의 記
    憶」이라는 제목으로 처음 발표되었다. 여기서 밝힌 창작일은 1934년 7월 27일이며, 날짜 밑에
    는 "朱乙溫泉가든길에서"가 병기되어 있다. 이 시가 처음 발표되었을 때는 총 2연으로 구성되어
    있는데, 이 중 1연은 수정 과정을 거쳐 첫 단행본부터 게재되지만 2연의 내용은 모두 생략되었
    다. 생략된 2연의 전문은 다음과 같다.
    沈鬱한 ○影을짓밟고가든 긴-旅行의길가에
    적은등불가티 깜박이든 山村의記憶이여
    蒼白히여윈 달빗을밟고
    그날밤 내가탄 적은馬車는
    異國風의 村落을 흘너갓섯다
50 하이한 : 김광균이 즐겨 사용하는 시어로, 사전에는 없는 단어이다. 문맥상 '하얀'의 의미로 짐작
    된다.
51 모색(暮色) : 날이 저물어가는 어스레한 빛.
52 역등(驛燈) : 역마차에 달린 등.
53 이 시어를 표준어로 바꾸면 "단"이 되지만 시어의 어감을 살리기 위해 현대 표기법을 적용하지
    않았다.

갈대밭에 묻히인[54] 돌다리 아래선
작은 시내가 물방울을 굴리고

안개 자욱ㅡ한 화원지(花園地)의 벤치 위엔
한낮에 소녀들이 남기고 간
가벼운 웃음과 시들은 꽃다발이 흩어져 있다.

외인묘지(外人墓地)의 어두운 수풀 뒤엔
밤새도록 가느란[55] 별빛이 내리고.

공백(空白)[56]한 하늘에 걸려 있는 촌락의 시계가
여윈[57] 손길을 저어 열 시를 가리키면
날카로운 고탑(古塔)같이 언덕 위에 솟아 있는
퇴색한 성교당(聖敎堂)[58]의 지붕 위에선
분수처럼 흩어지는 푸른 종소리.

---

54 이 시어를 표준어로 바꾸면 "묻힌"이 되지만 시어의 어감을 살리기 위해 현대 표기법을 적용하
    지 않았다.
55 가느란 : 가느다란. 시어의 어감을 살리기 위해 현대 표기법을 적용하지 않았다.
56 공백(空白) : 아무 것도 없이 비어있음.
57 처음 발표될 때에는 "하이-한"으로 되어 있다.
58 처음 발표될 때에는 "敎會堂"으로 되어 있다.

가로수[59]

A

푸른 잔디를 뚫고 서 있는
체조장 시계탑 위에
파–란 기폭이 바람에 부서진다.

무거운 지팡이로 흰 구름을 헤치고
교회당이 기울어진 언덕을 걸어 내리면
밝은 햇빛은 화분(花粉)인 양 내려퍼붓고
거리는 함박꽃같이 숨을 죽였다.

B

명등(明燈)[60]한 돌다리를 넘어

---

59 이 시는 1937년 『풍림』 1월호에 「황혼화도」라는 작품으로 처음 발표되었다.
60 명등(明燈) : 사전에 없는 단어. 의미상으로는 '등불이 밝은'으로 해석됨.

가로수에는 유리빛 황혼이 서려 있고
철도에[61] 흩어진 저녁 등불이
창백한 꽃다발같이 곱기도 하다.

꽃등처럼 흔들리는 작은 창밑에
밤은 새파란 거품을 뿜으며 끓어오르고
나는 동상이 있는 광장 앞에 쪼그리고
길 잃은 세피아[62]의 파—란 눈동자를 들여다본다.

---

61 첫 단행본과 2004년 열린책들 판본에는 포장도로의 의미인 '포도'로 되어 있는데, 근역서재 본부
   터는 '철도'로 되어 있다. 두 단어의 의미가 매우 다르지만, 여기에서는 저본에 따라 '철도'로 한다.
62 세피아(sepia) : 서양화에 쓰는 채색의 하나. 오징어의 먹물에서 얻어지는 짙은 갈색으로, 주로
   수채화에 쓴다.

밤비[63]

어두운 장막 너머 빗소리가 슬픈 밤은
초록빛 우산을 받고 거리로 나갈까요.

나즉이 물결치는 밤비 속으로
모자를 눌러 쓰고 포도(鋪道)[64]를 가면
바람에 지는 진달래같이
자취도 없는 고운 꿈을 뿌리고
눈부신 은실이 흩어집니다.

조각난 달빛같이 흐득여[65] 울며

---

63 이 시는 1937년 5월 9일 『조선일보』에 「밤비와 寶石」이라는 제목으로 처음 발표되었다. 첫 단행
    본에 게재되면서 처음 발표된 시의 5연과 6연의 많은 부분이 생략된다. 5연과 6연의 생략된 부
    분은 다음과 같다.
    (5연 3, 4, 5행. 1행과 2행은 첫 단행본부터 2연의 1행과 2행이 되었다.)
    고요히 흩어지는밤비속으로
    帽子를 눌러쓰고 鋪道를가면
    거리의夜景은 蒼白헌「필늼」가티가슴을죽이고
    潮水그티흔들리는초라한 등불아래
    내고독한「렌코-트」는 旗幅가티나붓깁니다
    (6연 1행)
    청춘의날의 눈부신바다를향하여
64 포도(鋪道) : 포장도로.
65 흐득여 : 흐느껴. 시의 어감을 살리기 위해 현대 표기법으로 바꾸지 않았다.

스산한 심사 위에 스치는 비는
사라진 정열의 그윽한 입김이기에

낯설은[66] 흰 장갑에 푸른 장미를 고이 바치며
초라한 가등(街燈)[67] 아래 홀로 거닐면
이마에 서리는 해맑은 빗발 속엔
담홍빛[68] 꽃다발이 송이송이 흩어지고
빗소리는 다시 수없는 추억의 날개가 되어
내 가슴 위에 차단—한[69] 화분(花粉)을 뿌리고 갑니다.

---

66 이 시어의 표준어는 "낯선"이지만 시어의 어감을 살리기 위해 현대 표기법을 적용하지 않았다.
67 가등(街燈) : 가로등.
68 담홍빛 : 엷은 붉은 색.
69 차단—한 : 이 단어는 김광균이 즐겨 쓰는 어휘로, '창백한', '찬란한' 등의 의미로 해석되기도 하지만, 대부분 '차가운'의 의미로 해석된다. 처음 발표될 때에는 "하연"으로 되어 있다.

성호부근(星湖附近)[70]

1

양철로 만든 달이 하나 수면 위에 떨어지고
부서지는 얼음 소리가
날카로운 호적(呼笛)[71]같이 옷소매에 스며든다.

해맑은 밤바람이 이마에 서리는
여울가 모래밭에 홀로 거닐면
노을에 빛나는 은모래같이
호수는 한 포기 화려한 꽃밭이 되고

여윈 추억의 가지가지엔[72]
조각난 빙설(氷雪)이 눈부신 빛을 하다.

---

70 이 시는 1937년 6월 4일 『조선일보』에 처음 발표되었는데, 시 전체를 총 3부로 구성하고 있는 첫
  단행본과는 달리 그런 구분이 없다.
71 호적(呼笛) : '태평소'를 일컫는 호적(號笛)의 오기인데, 어느 판본에서도 한자를 올바르게 고치
  지 않았다. 여기서도 저본에 따라 한자어를 바꾸지 않고 그대로 살려 두기로 한다.
72 처음 발표될 때에는 이 시행의 앞에 "내가슴은 달빛이무성헌 숨풀이되여"라는 시행이 있었으
  나 첫 단행본부터 생략되어 있다.

2

낡은 고향의 허리띠같이
강물은 길-게 얼어붙고

차창에 서리는 황혼 저 멀리
노을은
나어린[73] 향수(鄕愁)처럼 희미한 날개를 펴고 있었다.

3

앙상한 잡목림(雜木林) 사이로
한낮 겨운 하늘이 투명한 기폭을 떨어뜨리고

푸른 옷을 입은 송아지가 한 마리
조그만 그림자를 바람에 나부끼며
서글픈 얼굴을[74] 하고 논둑 위에 서 있다.

73 나어린 : 나이 어린. 생겨난 지 오래되지 않은.
74 처음 발표될 때에는 "눈을"로 되어 있다.

소년사모(少年思慕)

A

호수(湖水)가엔
여윈 갈대와 차단-한 산맥이 물결 위에 서리고

벌레 소리가 퍼붓는 숲을 내리면
바위 사이에 흩어진 이름 없는 꽃들은
바람이 올 적마다[75]
작은 지등(紙燈)[76]같이 흔들렸다.

황혼이면 그 찬란한 노을을 물고 오던
한 쌍의 금공작(金孔雀)이 날아간 뒤에

금빛 피리와 오색 꿈을 잃은 나의 소년은
스미는 안개 속에 고개를 들고

---

75 첫 단행본인 『와사등』에서만 "울 적마다"로 되어 있다.
76 지등(紙燈) : 종이로 만든 등.

구름 사이를 새어 오는
고달픈 바람 소리에 눈을 감았다.

B

바람이 올 적마다[77]
종루(鐘樓)[78]는 낡은 비오롱[79]처럼 흐느껴 울고

하이얀 코스모스의 수풀에 묻혀
동리의 오후는 졸고 있었다.

해맑은 빛을 한 가을 하늘이
서글픈 인화(印畵)[80]같이 엷게 빛나고

고독한 반음(半音)을 떨어뜨리며
오동잎이 흩어지는 앞마당에서
솜 뜨는 할머니의 머리카락이

---

77 첫 단행본인 『와사등』에서만 "올적마다"로 되어 있다.
78 종루(鐘樓) : 종을 달아두는 누각.
79 비오롱 : '바이올린'의 옛 표기. 현대 표기를 원칙으로 한다면 이 시어는 '바이올린처럼'으로 바꾸
     어야 하지만, 시적 표현과 어감 상 '비오롱'이 더 효과적이라는 판단하에 현대 표기 원칙의 예외
     로 삼는다.
80 인화(印畵) : 사진 원판을 인화지 위에 올려놓고 사진이 나타나도록 하는 일. 또는 그런 그림.

아득-한 신화같이 밝은 빛을 하였다.

SEA BREEZE[81]

나는 안개에 젖은 모자를 쓰고
이 고풍(古風)[82]의 계절 앞에 서글픈 얼굴을 한다.

고독한 휘파람 소리를 떨어뜨리고
보랏빛[83] 구름이 주점의 지붕을 스쳐간 뒤
포도(舗道)엔
낙엽이 어두운 빗발을 날리고
증기선같이 퇴락한 가열(街列)을 좇아[84]
늘어선 상관(商館)[85]의 공허한 그림자.

바다에는

---

81 이 시는 1937년 『풍림』 2월호에 첫 발표되었는데, 여기서는 1937년 『조광』 7월호에 게재된 시를 비교 판본으로 삼았다.
82 처음 발표될 때에는 "凋落한"으로 되어 있다.
83 처음 발표될 때에는 "薔薇빛"으로 되어 있다.
84 처음 발표될 때에는 이 행 이후에 연을 구분하여 3행의 시가 더 있는데, 첫 단행본부터는 이 부분이 생략된다. 생략된 내용은 다음과 같다.
   五色의꽃다발을가득이실은
   褪色한馬車한대가蒼白한나팔을불며
   埠頭를향한숲을에잠겨버린다.
85 상관(商館) : 규모가 큰 상점.

지나가는 기선이 하—얀 향수(鄕愁)를 뿜고
갈매기는 손수건을 흔들며
피어오로는 황혼 저 멀리
하나의 눈부신 화문(花紋)이 된다.

이름 없는 항구의 조수(潮水) 가에 앉아
나는 나의 목화(木靴)[86]를 씻고[87]
흘러가는 SEA BREEZE[88]의 날개 위에
이지러진 청춘의 가을을 띄워 보낸다.

---

86 목화(木靴) : 예전에 사모관대를 할 때 신던 신. 바닥은 나무나 가죽으로 만들고 검은빛의 사슴
   가죽으로 목을 길게 만드는데 모양은 장화와 비슷하다.
87 처음 발표될 때에는 "신고"로 되어 있다.
88 sea breeze : 바닷바람, 해풍, 해연풍(海軟風).

와사등(瓦斯燈)[89]

차단-한[90] 등불이 하나 비인[91] 하늘에 걸려 있다.
내 호을로[92] 어딜 가라는 슬픈 신호냐.

긴- 여름 해 황망히 나래를 접고
늘어선 고층(高層) 창백한 묘석(墓石)같이 황혼에[93] 젖어
찬란한 야경 무성한 잡초인 양 헝클어진 채
사념(思念) 벙어리 되어 입을 다물다.

피부의 바깥에 스미는 어둠
낯설은[94] 거리의[95] 아우성 소리
까닭도 없이 눈물겹구나

---

89 이 시는 1938년 6월 3일 『조선일보』에 처음 발표되었다.
    와사등(瓦斯燈) : 가스등.
90 차단-한 : 이 단어는 김광균이 즐겨 쓰는 어휘로, '창백한', '찬란한' 등의 의미로 해석되기도 하지
    만, 대부분 '차가운'의 의미로 해석된다.
91 이 시어의 표준어는 "빈"인데 시의 어감을 살리기 위해 현대 표기법을 적용하지 않았다.
92 호을로 : 홀로. 시의 어감을 살리기 위해 현대 표기법을 적용하지 않았다.
93 처음 발표될 때에는 "모색에"로 되어 있다.
94 이 시어의 표준어는 "낯선"이지만 시의 어감을 살리기 위해 현대 표기법을 적용하지 않았다.
95 처음 발표될 때에는 "群衆의"로 되어 있다.

공허한 군중의 행렬에 섞이어
내 어디서 그리 무거운 비애(悲哀)를 지고 왔기에
길-게 늘인 그림자 이다지 어두워

내 어디로 어떻게 가라는 슬픈 신호기[96]
차단-한 등불이 하나 비인 하늘에 걸리어 있다.

---

[96] 신호기 : 신호이기에. 시의 어감을 살리기 위해 현대 표기법을 적용하지 않았다.

공지(空地)[97]

등불 없는 공지(空地)에 밤이 내리다.
수없이 퍼붓는 거미줄같이
자욱ㅡ한 어둠에 숨이 잦으다.

내 무슨 오지 않는 행복을 기다리기에
스산한 밤바람에 입술을 적시고
어느 곳 지향 없는 지각(地角)[98]을 향하여
한 옛날 정열의 창량(踉踉)[99]한 자취를 그리는 거냐.

끝없는 어둠 저으기[100] 마음 서글퍼
기인 하품을 씹는다.

---

97 이 시는 1938년 5월 『비판』에 처음 발표되었다.
98 지각(地角) : 어느 귀퉁이에 있는 땅 조각이라는 뜻으로, 구석지게 멀리 떨어진 땅을 이르는 말.
99 창량(踉踉) : 사전에 없는 단어. 그러나 각각의 한자 뜻을 풀이해보면 대강의 의미를 짐작할 수
    있다. 창(踉)ㅡ추창하다. 움직이다. 춤추다. 량(踉)ㅡ뛰다. 서행하다. 가는 모양이 바르지 않
    다. 천천히 걷는 모양. 허둥지둥 가는 모양(량). 이상의 두 한 자의 의미를 근거로 하면, '창량'은
    '허둥지둥 움직여 뛰어가는 모양'의 의미로 추측된다.
100 저으기 : 적이. 꽤 어지간한 정도로. 시어의 어감을 살리기 위해 현대 표기법을 적용하지 않았다.

아— 내 하나의 신뢰할 현실도 없이
무수한 연령(年齡)을 낙엽같이 띄워 보내며
무성한 추회(追悔)[101]에 그림자마저 갈가리 찢겨

이 밤 한줄기 조락(凋落)[102]한 패잔병 되어
주린 이리인 양 비인 공지에 호을로 서서
어느 머언 도시의 상현(上弦)[103]에 창망히[104] 서린
부오(腐汚)[105]한 달빛에 눈물 지운다.

---

101 추회(追悔) : 지나간 일을 후회함.
102 조락(凋落) : 차차 쇠하여 보잘 것이 없게 됨.
103 상현(上弦) : 음력 매달 7~8일경에 나타나는 달의 형태. 둥근 쪽이 아래로 향한다.
104 창망하다 : 근심과 걱정으로 경황이 없다.
105 부오(腐汚) : 사전에는 없는 단어로, 한자의 문맥상 '부패하고 더러운'의 의미로 해석된다.

풍경[106]

A

흰 모래 위에 턱을 고이고
아득-한 곳을 향해
손수건을 내어 흔든다.

바다는 고적한 슬픔같이 넘쳐흐르고
물결은 자줏빛 화단(花壇)이 되다.
바다는 대낮에 등불을 키고
추억의 꽃 물결 위에 소복이 지다.[107]

---

[106] 이 시는 1938년 7월 『비판』에 처음 발표되었다. 이 때는 「풍경 (1)」, 「풍경 (2)」로 각각 4연으로
구성되었는데, 첫 단행본에서부터 「풍경」의 제목하에 이 두 편을 A, B로 연을 나누었다.
[107] 처음 발표될 때에는 이후 2행으로 된 연이 하나 더 있다. 생략된 연의 전문은 다음과 같다.
    열없는심사 썰물에씌우고
    風車잇는곳으로 다름질치다

B

페가수스는[108] 소리를 치며
흰 물결을 가르다.

솟기는 지체(肢體)[109] 분수같이 흩어지고
화려한 물거품
엷은 수구(水球)[110]인 양 정다웁구나.
천막처럼 부풀은 하늘
모으로[111] 기울어진 채

갈매기 파—란 리본을 달고
모래밭 위엔 만돌린[112] 같은 구름이 하나.

---

108 처음 발표될 때에는 "風馬가티"로 되어 있다.
109 지체(肢體) : 팔다리와 몸을 통틀어 이르는 말.
110 수구(水球) : 본래의 의미는 물속에서 공을 이용한 운동경기지만, 이 시의 문맥에서는 '물로 된
   공', 즉, '물방울'로 이해된다.
111 모으로 : 모로. 시어의 어감을 살리기 위해 현대 표기법을 적용하지 않았다.
112 만돌린 : 서양 탄현 악기의 하나. 몸통은 달걀을 세로로 쪼갠 것 같은 모양으로 강철제의 현이 네
   쌍 있으며, 픽(pick)으로 퉁겨서 소리를 낸다.

광장[113]

비인 방에 호을로
대낮에 체경(體鏡)[114]을 대하여 앉다.

슬픈 도시엔 일몰이 오고
시계점 지붕 위에 청동 비둘기
바람이 부는 날은 구구 울었다.

늘어선 고층 위에 서걱이는 갈대밭
열없는 표목(標木)[115]되어 조으는 가등(街燈)
소리도 없이 모색(暮色)에 젖어

엷은 베옷에 바람이 차다.
마음 한구석에 벌레가 운다.

---

[113] 이 시는 1938년 9월 『비판』에 「소년」과 함께 처음 발표되었다.
[114] 체경(體鏡) : 몸 전체를 비추어 볼 수 있는 큰 거울.
[115] 표목(標木) : 푯말.

황혼을 좇아 네거리에 달음질치다.

모자도 없이 광장에 서다.

신촌(新村)서

스케치

구름은 한 떼의 비둘기
꽃다발같이 아련-하구나

전봇대 열(列)을 지어
머언 산을 넘어가고
늘어선 수풀마다
초록빛 별들이 등불을 켠다.

오붓한 동리 앞에
포플러 나무 외투를 입고

하이한[116] 돌팔매같이
밝은 등불 뿌리며

---

[116] 『김광균 전집』(2002)에서만 "하이얀"으로 적고 있는데, 여기서는 저본에 따라 "하이한"으로 확정하였다.

이 어둔 황혼을 소리도 없이
기차는 지금 들을 달린다.

등(燈)[117]

벌레 소리는
고운 설움을 달빛에 뿜는다.
여윈 손길을 내어젓는다.

방안에 돌아와 등불을 끄다.
자욱─한 어둠 저쪽을
목쉰 기적이 지나간다.

비인 가슴 하잔히[118] 울리어 놓은 채
혼곤한[119] 베갯머리 고이 적시며

어둔 천정에
희부연 영창 위에
차단─한 내 꿈 위에

---

117 이 시는 1939년 2월 『비판』에 처음 발표되었다.
118 하잔히 : 하잔하다. 잔잔하고 한가롭다는 뜻의 북한말.
119 혼곤하다 : 정신이 흐릿하고 고달프다.

밤새 퍼붓다.

정원[120]

A

색소폰 위에
푸른 하늘이 고웁게[121] 비친다.
흰 구름이 스쳐간다.

가늘은[122] 물살을 짓고
바람이 지날 때마다

코스모스의 가느란[123] 그림자는
추워서 떤다.

---

[120] 이 시는 1939년 2월 『비판』에 「등」과 함께 처음 발표되었다.
[121] 표준어로는 '곱게'이지만, 시의 어감으로 볼 때 '고웁게'가 보다 효과적이라고 판단되어 이 시어
는 표준어로 고치지 않는다.
[122] 이 시어를 표준어로 바꾸면 '가는'이 되지만 '가늘은'이 시의 느낌을 효과적으로 표현하고 있다고
판단되는바, 표준어로 고치지 않는다.
[123] 가느란 : 가느다란. 시어의 어감을 살리기 위해 현대 표기법을 적용하지 않았다.

B

계집애와 나란히 돈대(墩臺)를 내린다.
풍속계와 분수가 나란히 서 있다.

설야(雪夜)[124]

어느 머언[125] 곳의 그리운 소식이기에
이 한밤 소리 없이 흩날리느뇨.

처마 끝에 호롱불 여위어 가며
서글픈 옛 자췬 양 흰 눈이 내려

하이얀[126] 입김 절로 가슴이 메어
마음 허공에 등불을 켜고
내 홀로 밤 깊어 뜰에 내리면

머언 곳에 여인의 옷 벗는 소리

희미한 눈발
이는 어느 잃어진 추억의 조각이기에

---

[124] 이 시는 1938년 1월 8일 『조선일보』에 처음 발표되었는데, "신춘문예 1등 당선시"라는 설명이
  시 제목 옆에 병기되어 있다.
[125] 이 시어의 표준어는 "먼"이지만, 시어의 어감을 살리기 위해 현대 표기법을 적용하지 않았다.
[126] 이 시어의 표준어는 "하얀"이지만, 시어의 어감을 살리기 위해 현대 표기법을 적용하지 않았다.

싸늘한 추회(追悔)[127] 이리 가쁘게 설레이느뇨.

한줄기 빛도 향기도 없이
호을로[128] 찬란한[129] 의상을 하고
흰 눈은 내려 내려서 쌓여
내 슬픔 그 위에 고이 서리다.

---

127 처음 발표될 때에는 "悔恨"으로 되어 있다.
128 이 시어의 표준어는 "홀로"이지만, 시어의 어감을 살리기 위해 현대 표기법을 적용하지 않았다.
    이 시의 3연 3행에서는 "홀로"로 적고 있는 것을 보면, "홀로"와 "호을로"는 단순한 표기 상의 차
    이가 아니라 시인의 의도가 분명하게 작용하고 있음을 확인할 수 있다.
129 처음 발표될 때에는 "싸느란"으로 되어 있고, 첫 단행본과 그것을 따르고 있는 『김광균 전집』
    (2002)에서는 "차단한"으로 되어 있다. 여기서는 저본에 따라 "찬란한"으로 확정한다.

『와사등』(김광균) 원전비평 및 정본화

이 책은 김광균의 첫 번째 시집 『와사등』에 대한 원전비평 및 정본화 작업의 결과물이다. 1939년 남만서점에서 첫 단행본이 출판된 이래 『와사등』은 수많은 판본으로 출판되었는데, 그 과정에서 원전의 표기법이 바뀌기도 하고 시어의 의미가 달라지기도 했으며 시편이 추가되는 경우도 있었다. 본 연구는 최근까지 출판된 『와사등』의 판본들을 전부 수합하여 하나하나 비교 · 대조하면서 맞춤법과 표기상의 오류를 바로 잡는 것은 물론, 시어의 의미를 정확하게 정리하고자 하였다. 이 작업의 최종 결과물인 이 책은 『와사등』의 원형을 복원하여 그것을 토대로 현대적인 정본을 정리한 것이다. 본 정본화 작업 및 원전비평의 과정은 다음과 같다.

1. 저본 선정과 비교 판본

『와사등』이라는 이름과 김광균 시전집의 형태로 출판된 모든 판본들을 수합하고 그 중에 저본을 설정하는 작업이 가장 먼저 수행되었다. 그 과정에서 『와사등』(근역서재, 1977.5)을 저본으로 선정하였다. 이 판본은 김광균 생애 최초의 시 전집에 해당하는데, 일반적으로 정본연구에서 저본 선정의 원칙은 시인의 생애 최후의 판본으로 하는 것이지만 판본 비교의 결과 김광균 생애 최후의 판본인 『정본 와사등』(심설당, 1990)은 1977년에 발행한 『와사등』을 근간으로 하여 별다른 변화가 없었으며, '전집'이라는 의미를 놓고 볼 때 몇 편의 시가 빠지기도 하여 저본의 자격을 부여할 수가 없었다. 이에 근역서재 본을 저본으로 삼아 기타 주요 판본들을 비교하는 작업을 진행하였다. 각 판본들은 다음과 같다.

• 기본 판본
김광균, 『와사등』(근역서재, 1977.5)

1) 기준 판본 및 비교 판본
① 원발표문
② 『와사등』(남만서점, 1939)
③ 『와사등』(근역서재, 1977)
④ 『정본 와사등 — 김광균 시 전집』(심설당, 1990)

⑤『와사등』(삶과꿈, 1994, 비매품)

⑥『김광균 전집』(김학동·이민호 편, 국학자료원, 2002.8)

⑦『와사등』(열린책들, 2004.1)

⑧『김광균 전집』(오영식·유성호 편, 소명출판, 2014.5)

• 기타 참고한 김광균 전기 및 연구서

『김광균 시 연구』(김태진, 보고사, 1996)

『김광균』(김유중, 건국대 출판부, 2000)

『김광균 연구』(김학동 외, 국학자료원, 2002)

가장 최근에 김광균 시편만을 모아 놓은 『김광균 시선』(김유중 편, 지식을만드는지식, 2012.8)은 첫 단행본을 저본으로 삼았으나 그것이 1946년 정음사의 재판본이기 때문에 시집의 마지막에 게재된 「설야」가 빠져있다. 또한 편집체제와 표기상의 특징에서 ⑧의 전집과 변별성이 없기 때문에 비교 판본에서 제외하였다.

2. 판본 비교 및 대조 과정에서 확인된 각 판본의 특징

『와사등』의 정본화 작업 과정에서 주요 비교 판본으로 삼은 각 판본의 특징은 다음과 같다.

②『와사등』(남만서점, 1939)은 김광균의 첫 시집이다. 이 책은 이후 1946년 정음사에서 재판을 출판했고, 1960년에는 산호장에서 3판을 출판하였다. 각 판본은 모두 남만서점 본을 그대로 가져오되, 산호장 본은 시어의 표기를 현대어로 바꾼 부분이 발견된다.

③『와사등』(근역서재, 1977)은 김광균 생애 첫 시 전집에 해당한다. 김광균이 손수 장정을 하고 조병화, 김규동, 김경린 등이 편집위원으로 되어 있는데, 1977년까지 간행된 시집『와사등』, 『기항지』, 『황혼가』 등의 시편들을 게재하였고, 거기에 초기 시작들을 추가로 모아 놓았다. 『와사등』은 1960년 3판인 산호장 본을, 『기항지』는 1957년 산호장 본인 제3시집 『황혼가』에 합편된 것을 저본으로 한 전집이다. 책의 체제는 총 5부로 구분하여 '와사등', '기항지', '황혼가', '사향도', '정거장'으로 각 시편을 나누었는데, '와사등'은 단행본의 시편을 그대로 수록하였다. 이 판본은 시집 전체의 구성과 전체 장정에 「황량」을 빼고(이 시는 3부 '황혼가'에 「취적벌」로 개작되어 게재된다), 목차에 없었던 「반가」를 추가하였다. 추가된 시의 취사선택과 전체 장정에 작가가 직접적으로 관계하였고, 이후의 판본들도 이 책의 체제에 충실하게 따르고 있기 때문에 이 판본이 저본이 되었다.

④『정본 와사등 - 김광균 시 전집』(심설당, 1990)은 '정본'을 제목에 병기한 시 전집으로, 구상, 김규동, 박태진이 편집위원이며, 김광균 시인 생애 최후의 시 전집에 해당한다. 1990년은 김광균의 제5 시집인 『임진화』가 범양사에서 출판(1989)된 이후이기 때문에 '전집'이라고 할 때는 이 시집의 시편도 모두 게재되어야 하지만 이 책의 전반적인 체재

는 1977년 근역서재 본을 그대로 따르고 있기 때문에 엄밀한 의미의 전집으로 보기 어렵다. 또한 근역서재 본과 비교했을 때 '황혼가'부의 「복사꽃과 제비」, 「영미교」의 2편, '정거장'부의 「풍경화」, 「다방」, 「화투」의 3편 등 총 5편의 시가 빠져 있어서 근역서재 본보다 충실하지 못하다. 김광균 시인의 머리말이나 책의 후반부에 실려 있는 김규동의 시인론과 작품 연보, 해제는 근역서재 본의 내용을 발표 연대만 고친 채(근역서재 본의 머리말에는 "『와사등』에 처음 불이 켜진 것은 20년 전 일이다"로 되어 있는데, 이 판본에서는 "50년 전 일이다"로 바뀌어 있으며, 작성한 날짜도 1965년 11월 2일이 1989년 12월로 바뀌었다) 그대로 싣고 있다. '정본'을 제목에 병기한 의미를 찾아보기 힘든 판본이며, 작가가 장정에 관심을 가졌을지의 여부도 불확실하다. 이 판본의 유일한 특징은 한글 표기를 원칙으로 하되, 한자를 괄호 속에 병기하였다는 점이다.

　⑤『와사등』(삶과꿈, 1994, 비매품)은 김광균 사후(1993) 처음 출판된 시집으로, 구상, 김규동, 박태진이 편집위원으로 구성되어 있다. 판본의 체계는 1977년 근역서재 본을 그대로 따르고 있기 때문에 1990년 심설당 본에서 누락된 시들이 그대로 게재되어 있다. 다만 머리말이 "와사등에 처음 불이 켜진 것은 54년 전 일이다"와 1993년 12월 발표로 되어 있는데, 김광균 시인은 1993년 11월 23일에 타계하였기에 시인과는 무관하게 편집위원들이 판본의 출판년도에 맞추어 수정하였음을 알 수 있다. 이후 김광균 전집이나 작품 연보에 이 판본을 1994년 3월에 출판되었다고 기록되어 있으나, 책에 인쇄되어 있는 날짜는 1994년 1월 5일이며, 발행은 1994년 1월 10일로 되어 있다.

⑥『김광균 전집』(김학동·이민호 편, 국학자료원, 2002.8)은 김광균 연구자들이 출판한 김광균 전집으로, 시와 산문을 총집성한 유일한 김광균 전집에 해당한다. 전집의 체제는 크게 시부와 산문부로 구분하였는데, 시부의 경우 초기와 중기의 시편들이 1977년 근역서재 본을 저본으로 하여 편성되었기 때문에 총 5부로 구성된 판본의 변화는 발견되지 않는다. 근역서재 본 이후 발표된 제4 시집 『추풍귀우』와 제5 시집 『임진화』의 시편들은 시집의 체재 그대로 수록하였다. 각 시편별로 첫 발표지를 표기하였고, 개작되거나 변화된 부분들을 정리하고 있는데, 몇몇 시에서 발표 지면의 오류가 발견되었다. 이 판본 자체로서는 근역서재 본과 다른 부분이 없다.

⑦『와사등』(열린책들, 2004.1)은 '한국 대표 시인 초간본 총서'로 기획되어 가장 최근에 발표된 『와사등』 단행본이다. 1939년 남만서점 본을 저본으로 하여 이남호가 책임편집한 판본으로, 표기를 현행 맞춤법을 기준으로 하였고, 한자는 모두 한글로 바꾸되 필요한 경우는 괄호 속에 병기하였으며 특정한 시어의 경우는 편집자가 주석을 달아 설명하고 있다. 이에 따라 『와사등』의 첫 단행본에 비해 표현에서 많은 차이점을 보이는 판본이다.

⑧『김광균 전집』(오영식·유성호 편, 소명출판, 2014.5)은 시 전공자들이 엮은 가장 최근의 김광균 전집에 해당한다. 시는 발표된 시집의 순서대로 첫 단행본을 저본으로 삼아 정리하였으며, 시집 미수록편과 영역 시편까지 포괄하고 있다. 산문은 김광균의 평문과 수필, 그 이외의 글들을 모두 아우르고 있으며, 소설과 경제관련의 글까지 김광균의 모

든 산문들을 망라하였다. 『와사등』의 경우 엮은 이들이 가장 강조한 것은 기존의 판본이 모두 1946년 정음사에서 재판한 『와사등』을 대상으로 하였지만 이 책은 1939년 남만서점 초판을 그대로 하였다는 점이다. 이에 따라 책의 말미에는 초판본의 영인본을 그대로 게재하였고, 책의 본문에서는 초판본의 표기를 최대한 존중하되 몇몇 표현들을 현대 표기법으로 바꾸었으며, 필요한 경우 특정 시어에는 각주로 설명을 첨가하였다. 한자어는 한글과 병기하지 않은 채 그대로 두었다. 『와사등』 초판본을 가장 잘 살려낸 전집이라는 장점이 있지만 본 정본 작업은 초판본을 재구하는 것이 목적이 아니라 시집에 투여된 시인의 의도를 명확하게 파악하여 그 원형을 복원하는 것을 중심에 두었기 때문에 초판본에 절대적으로 기대어 있는 이 판본은 저본이 되지 못하고 초판본 이해의 참고 판본이 되었다.

3. 원전비평 진행과정

『와사등』에 대한 원전비평과 정본화 작업의 목적은 시인이 발표한 시의 호흡과 감성을 훼손하지 않으면서도 현대적 감성에 맞는 정본을 수립하는 것이다. 이에 따라 시인의 의도가 명백한 판본을 저본으로 하여 다른 판본들을 비교하면서 그 변화를 살펴보고 그 사이 발견되는 오류들을 수정하면서 신뢰할 수 있는 정본을 확정하고자 하였다. 정본 확정의 과정은 다음과 같은 작업으로 진행되었다.

1) 판본 대조

각 판본들을 면밀히 대조하면서 그 사이에서 발견되는 차이와 변화들을 정리하였다. 「와사등」의 1연을 예로 들면 다음과 같다.

1연 1행

차단-한 등불이 하나 비인 하늘에 걸려 있다.

① 차단-헌등불이하나 비인하늘에 걸려잇다

② 차단-한 등불이하나 비인하늘에 걸녀있다

③ 차단-한 등불이 하나 비인 하늘에 걸려 있다

④⑤⑥ 차단-한 등불이 하나 비인 하늘에 걸려 있다.

⑦ 차단한 등불이 하나 빈 하늘에 걸려 있다

⑧ 차단-한 등불이 하나 비인 하늘에 걸려 있다

1연 2행

내 호을로 어딜 가라는 슬픈 신호냐.

① 내 호올로 어델가라는 슯흔信號냐

② 내 호을노 어델가라는 슬픈信號 냐

③⑤⑥ 내 호을로 어딜 가라는 슬픈 信號냐.

④ 내 호을로 어딜 가라는 슬픈 신호(信號)냐.

⑦ 내 홀로 어딜 가라는 슬픈 신호냐

⑧ 내 호올로 어델 가라는 슬픈 信號냐

1938년 6월 3일 『조선일보』에 처음 발표된 「와사등」에서는 그 당시의 표기법을 따르고 있기 때문에 "걸려잇다"로 되어 있는 어미를 현대 표기법에 따라 "걸려있다"로 확정하였다. "비인"은 "빈"의 시적 표현이기 때문에 그대로 허용하였다. 이것은 2행의 "호을로"에도 해당하는데, 처음 발표할 때 "호올로"였기 때문에 원칙적으로는 "홀로"로 고쳐야 하지만 그런 경우 ⑦에서 보듯이 시적 어감이 상실되는 문제가 발생하였기에 시어의 어감을 존중하는 의미로 "호을로"로 확정하였다.

「설야」의 6연 2행의 경우를 보면 시어가 서로 다르게 되어 있다.

6연 2행

호을로 찬란한 의상을 하고

① 호을로 싸느란 衣裳을 입고

② 호을노 차단한 衣裳을 하고

③⑤⑥ 호을로 찬란한 衣裳을 하고

④ 호을로 찬란한 의상(衣裳)을 하고

⑦ 홀로 차단한 의상을 하고

⑧ 호올로 차단한 衣裳을 하고

1938년 1월 8일 『조선일보』에 발표할 때는 "싸느란"이었는데, 첫 시집에는 "차단한"으로 되었다가 근역서재 본에서 "찬란한"으로 바뀐다. 김광균 스스로 "차단한"을 쓸 때는 옆줄을 넣어 장음의 의미를 살렸는데, ②에서 옆줄이 없기 때문에 ③에서 자연스럽게 "찬란한"으로 시인

스스로 바꾸었다고 판단된다. 첫 단행본을 저본으로 삼은 ⑦과 ⑧은 그대로 "차단한"을 쓰고 있지만, 시인의 의도가 적극적으로 투영된 저본을 기준으로 하여 이 시어를 "찬란한"으로 확정하였다.

2) 오류의 수정

각 판본에서 발견되는 오류들을 수정하였는데, 시어의 경우를 보면, 「신촌서」의 1연 1행에서 "비둘기"를 ⑥에서만 "비들기"로 적고 있는데, 이것은 명백한 오식이다. 또한 첫 발표 지면과 관련된 정보의 오류를 바로잡았다. 최근에 발행된 김광균 연구서에서 밝히고 있는 발표 지면에서 몇몇 사항들이 잘못 기재되어 있는데, 그 수정된 부분은 다음과 같다.

- 「창백한 산보」, 『조선중앙일보』, 1935.11.21 → 『조선중앙일보』, 1935.11.22.
- 「석고의 기억」, 『조선중앙일보』, 1935.7.24 → 『조선중앙일보』, 1935.7.23.

3) 현대 표기법보다 시적 의미와 어감, 호흡을 기준으로

시가 갖는 장르적 특성상 현대 표기법을 적용하였을 때 시어의 의미가 달라지거나 그 감성이 살아나지 못하는 경우가 있다. 특히 모더니즘 시의 대표로 꼽히는 김광균의 경우, 그만이 사용하는 독특한 시어들이 있는데, 이것들을 현대 표기법으로 바꾸면 그 의미와 어감이 매

우 달라진다. 따라서 "차단한", "하이얀", "호을로" 등은 모두 저본의 표기를 그대로 따르기로 하였다.

외래어인 "비오롱"의 경우 역시 현대 표기법에 따른다면 "바이올린"으로 해야 하지만 "비오롱"과 "바이올린"은 어감과 호흡의 차이, 그리고 소리가 만들어내는 이미지의 차이가 크기 때문에 저본의 표기를 그대로 적용하기로 하였다.

시어의 의미 풀이는 국어사전을 근거로 찾았고, 사전에 없는 단어들은 최대한 그 의미를 시의 문맥 속에서 파악하려 하였다. 또한 "차단한"과 같은 김광균 시인의 대표적인 시어들은 그것이 "싸느란" 혹은 "하얀"으로 처음 발표했다가 첫 시집을 만들 때 모두 "차단한"으로 바뀌는 현상을 발견하여 시어의 의미를 대강은 짐작할 수 있었고, 풀이의 내용에도 이 부분을 반영하였다.

4. 정본 확정을 위한 판본 비교의 기준

① 저본 : 김광균 생전 첫 시 전집에 해당하는 1977년 『와사등』(근역서재)을 저본으로 한다. 따라서 시의 전체적 편제 및 구체적 연과 행의 구분은 모두 이 판본에 따른 것이다.

② 표기 : 정본의 표기법은 현대 표기법을 기준으로 한다.

예) 갈맥이→갈매기, 집웅→지붕, 날애→나래, 첨하→처마

다만, 사전에 나와 있지 않은 단어나 시인의 독특한 표현, 혹은 시적

어감이 보다 더 효과적이라고 판단되는 경우는 예외로 삼고 각주로 처리한다.

그리고 현대 표기법에 어긋나더라도 시어의 음절수는 시의 리듬과 관련된 부분이기 때문에 바꾸지 않으며, 필요한 경우 고어 역시 그대로 남겨두고 각주로 처리한다.

예) 차단한, 하이얀, 지롤, 흐득여, 호을로, 천정, 비오롱, 비인, 저으기, 모으로

③ 한자 : 시의 모든 한자는 대부분 국어로 바꾸되, 필요한 경우는 괄호 속에 병기한다.

예) 창랑(蹌踉)하다, 명등(明燈)한, 부오(腐汚)하다

④ 어휘풀이 : 어휘풀이는 각주에서 다루기로 한다. 국어사전을 기본으로 하며, 사전에 없는 단어인 경우는 연구자들의 해석과 참고자료들을 통해 그 의미를 추적하여 적는다.

⑤ 장음의 효과를 지닌 문장부호 '-' : 여기서는 장음의 음운적 효과보다 시 자체의 시각적 효과를 인정하여 그대로 사용하기로 한다.

예) 하-얀, 자욱-한, 파-란, 아련-하구나, 차단-한

기항지

奇港地

야차(夜車)[1]

모두들 눈물 지우며

요란히 울고 가고 다시 돌아오는

---

1 이 시는 1942년 1월 『조광』에 처음 발표되었다. 첫 단행본인 『기항지』(정음사, 1947)에서는 크
게 3부로 나누어 수록작품을 게재하였는데, 1부 '荒凉'에는 「야차」, 「황량」, 「향수」, 「녹동묘지
에서」, 「비」, 「망우리」, 「은수저」를, 2부 '吊花'에는 「대낮」, 「적화」, 「수철리」를, 3부 '도심서
정'에서는 「단장」, 「환등」, 「뎃상」, 「추일서정」, 「장공천정에오는 눈」, 「눈오는밤의 시」, 「도심
지대」로 구성하였다. 이후에 출판된 시집에서는 편재가 바뀌어 큰 차이를 보인다. 「반가」의 경
우 첫 시집에서는 「녹동묘지에서」와 함께 게재되어 목차 상에는 빠져있는데, 이후의 판본에는
단일한 시로 게재하였고, 두 번째 시인 「황량」(『문장』 2권 7호, 1940.9)은 첫 단행본 이후에는
게재되지 않았다가 「吹笛별」로 개작하여 『황혼가』(1957.7, 산호장 발간)에 재수록된다. 여기
서는 저본에 근거하여 전체 시집의 구성을 따랐기 때문에 「황량」은 제외된다. 다만, 참고를 위
해 첫 단행본에 실린 「황량」의 전문을 적어놓는다.

   취적별 자갈밭엔 오늘도 바람이부는가
   창망한 하날가에
   구름이일고 지는 덕적산넘어
   벌떼처럼 초록별날어오는 초가집웅밑
   히미한燈盞아래 구거진 어머니얼골
   밤-꽃이 나려쌔는 驛路가까히
   노래를 잊어버린 어린애들의
   비인 눈동자에 숨이는노을
   허공에 걸려있는 한낮서러운 등불처럼
   어두운 地坪한끝에 깜박어리는 옛마을이기
   목메는 여울가에 늘어슨
   포푸라나무 사이로 바라다뵈는
   한줄기 신작로 넘어
   항시 찌프린 한장의 하늘아래
   사라질듯이 외로운 고향의산과들을 향하여
   숨이는 嗚咽 호을로 달냄이
   내 어느날 꽃다발 한아름안고
   찾어감을 위함이리라

기적 소리에 귀를 기울이더라.

내 폐가(廢家)와 같은 밤차에 고단한 육신을 싣고
몽롱한 램프 우에
감상은 자욱-한 안개가 되어 내리나니
어데를 가도
뇌수(腦髓)를 파고드는 한줄기 고독.

절벽 가까이 기적은 또다시 목메어 울고
다만 귓가에 들리는 것은
밤의 층계를 굴러 내리는
처참한 차바퀴 소리.

아- 새벽은 아직 멀었나 보다.

향수(鄕愁)[2]

저물어 오는 육교[3] 우에
한줄기 황망한 기적을 뿌리고
초록색[4] 램프를 달은 화물차가 지나간다.

어두운 밀물 우에 갈매기떼 우짖는
바다 가까이

정차장[5]도 주막집도 헐어진 나무다리도
온– 겨울 눈 속에 파묻혀 잠드는 고향.
산도 마을도 포플러나무도 고개 숙인 채
호젓한 낮과 밤을 맞이하고
그곳에
언제 꺼질지 모르는
조그만 생활의 촛불을 에워싸고

---

2 이 시는 1940년 4월 『인문평론』 7호에 처음 발표되었다.
3 처음 발표될 때에는 "高架線"으로 되어 있다.
4 처음 발표될 때에는 "반듸불만한"으로 되어 있다.
5 김광균 생애 최후의 시 전집에 해당하는 『정본 와사등』에서만 "정거장"으로 되어 있다.

해마다 가난해 가는 고향 사람들.

낡은 비오롱[6]처럼
바람이 부는 날은 서러운 고향.
고향 사람들의 한줌 희망도
진달래빛 노을과 함께
한 번 가고는 다시 못오기

저무는 도시의 옥상에 기대어 서서
내 생각하고 눈물지움도
한떨기 들국화처럼 차고 서글프다.

---

6 비오롱 : 이 단어는 현악기 중 하나인 '바이올린'의 옛 표현인데, 시적 분위기와 시어의 느낌이 보
다 효과적이라는 판단 하에 '바이올린'으로 수정하지 않기로 한다.

녹동묘지(綠洞墓地)에서[7]

이 새빨간 진흙에 묻히러 여길 왔던가.

길길이 누운 황토(荒土), 풀 하나 꽃 하나 없이

눈을 가리는 오리나무 하나 산 하나 없이

비에 젖은 장포(葬布)[8] 바람에 울고

비인[9] 들에 퍼지는 한줄기 요령(搖鈴) 소리.

서른여덟의 서러운 나이 두 손에 쥔 채

여윈 어깨에 힘겨운 짐 이제 벗어 놨는가.

아하

몸부림 하나 없이 우리 여기서 헤어지는가.

두꺼운 널쪽에 못 박는 소리

관을 내리는 쇠사슬 소리

내 이마 한복판을 뚫고 가고

---

7 이 시는 1942년 12월 『조광』에 「반가」와 함께 처음 발표되었다. 이 때에는 제목 밑에 "瑤─均 兄"이라는 부제가 붙어있다.

8 장포(葬布) : 사전에는 나와 있지 않으나, 장례식장에 임시로 하늘을 가리는 데 사용되는 포장으로 추측된다.

9 이 시어의 표준어는 "빈"이지만 시어의 어감을 살리기 위해 현대 표기법을 적용하지 않았다.

다물은[10] 입술 우에
죄그만[11] 묘표(墓標) 우에
비가 내린다.
비가 내린다.[12]

10   이 시어의 표준어는 "다문"이지만 시어의 어감을 살리기 위해 현대 표기법을 적용하지 않았다.
11   이 시어의 표준어는 "조그만"이지만 시어의 어감을 살리기 위해 현대 표기법을 적용하지 않았다.
12   이 시행은 처음 발표될 때와 첫 단행본에서는 "비는 내린다"로 되어 있다.

반가(反歌)[13]

물결은 어데로 흘러가기에
아름다운 목숨 싣고 갔느냐.
먼- 훗날 물결은 다시 되돌아오리
우리 어데서 만나 손목 잡을까.

---

[13] 이 시는 「녹동묘지에서」와 함께 1942년 12월 『조광』에 처음 발표되었는데, 이 때에는 「녹동묘지에서」에 포함되어 있는 형태이기 때문에 목차에서 빠져있었다. 김광균 생애 첫 전집인 『와사등』(근역서재, 1977)부터 독립된 시로 분리하여 게재되었고, 이 시는 김광균의 묘소에 있는 시비에 적혀 있다.

비(碑)[14]

어머님은 지나간 반생(半生)의 추억 속에 사신다.
어머님의 백발을 에워싸고
추억은 늘 희미한 원광(圓光)[15]을 띠고 있다.

창랑(蹌踉)[16]한 기적이 오고가는 정차장에서
유적(流謫)[17]의 길가에 스미는 황량한 모색(暮色)[18] 앞에서

내 서러운 도시 우에 낮과 밤이 바뀔 때마다
내 향수의 지붕 우를[19] 바람이 지날 때마다
어머님의 다정한 모습 두 눈에 어려
온– 몸이 젖는다.
황홀히 눈을 감는다.

---

14 이 시는 1942년 6월 『춘추』에 처음 발표되었다.
15 원광(圓光) : 둥글게 빛나는 빛.
16 창랑(蹌踉) : 사전에는 없는 단어이나 한자어의 의미상 흔들리며 뛰어다니는 모양으로 해석됨.
17 유적(流謫) : 유배(流配).
18 모색(暮色) : 날이 저물어가는 어스레한 빛.
19 이 시어의 표준어는 "위를"이지만 시어의 어감을 살리기 위해 현대 표기법을 적용하지 않았다.

어머님은 항시 고향에 계시면서도
항시 나와 함께 계신다.

은수저[20]

산이 저문다.
노을이 잠긴다.
저녁밥상에 애기가 없다
애기 앉던 방석에 한 쌍의 은수저
은수저 끝에 눈물이 고인다.

한밤중에 바람이 분다.
바람 속에서 애기가 웃는다.
애기는 방 속을 디려다본다.[21]
들창을 열었다 다시 닫는다.

먼− 들길을 애기가 간다.
맨발벗은 애기가 울면서 간다.
불러도 대답이 없다.
그림자마저 아른거린다.

---

20 이 시는 1946년 7월 『문학』에 처음 발표되었다. 『기항지』의 시 중 유일한 해방 이후의 작품이다.
21 디려다본다 : 들여다 본다. 시어의 어감을 살리기 위해 현대 표기법을 적용하지 않았다.

대낮[22]

칸나의 입술을 바람이 스친다.
여윈 두 어깨에 햇빛이 곱다.

칸나의 꽃잎 속엔
죽은 동생의 서러운 얼굴
머리를 곱게 빗고 연지를 찍고
두 눈에 눈물이 고이어[23] 있다.

아무도 없는 고요한 대낮
비인 마당 한 구석에서
우리 둘은 쓸쓸히 웃는다.

---

22 이 시는 1942년 1월 『조광』에 「야차」와 함께 처음 발표되었다.
23 고이어 : 고여. 시어의 어감을 살리기 위해 현대 표기법을 적용하지 않았다.

조화(弔花)[24]

여기 호을로[25] 핀 들꽃이 있어
자욱--이 내리는 안개에
잎사귀마다 초라한 등불을 달다.

아련히 번지는 노을 저쪽에
소리도 없이 퍼붓는 어둠
먼– 종소리 꽃잎에 지다.

아 저무는 들가에 소북이[26] 핀 꽃
이는 떠나간 네 넋의 슬픈 모습이기에
지나던 발길 절로 멈치어[27]
한줄기 눈물 가슴을 적시다.

---

24 이 시는 1939년 10월 『시학』에 처음 발표되었는데, 이 때에는 "경애에게"라는 부제가 병기되어
     있다.
25 호을로 : 홀로.
26 소북이 : 소복이.
27 멈치어 : 멈추어.

84 와사등 / 기항지

단장(短章)[28]

한줄기 썩은 와사관(瓦斯管)[29] 우에
희멀건 달이 하나 바람에 불리우는
어느 어두운 변방의 비인 무대를
이 밤 나 혼자 걸어 나간다.
조그만 그림자가 뒤를 따른다.
서러운 생각이 호젓이 켜진다.

달은 어째 빅톨[30] 씨 같은 얼굴을 하고
나를 비웃는 거냐.
내게는
두 권의 시집과 척수(脊髓) 카리에스[31]의 아내와
한 마리의 고양이가 있을 뿐이다.

---

[28] 이 시는 1941년 5월 『춘추』에 처음 발표되었다.
[29] 와사관(瓦斯管) : 가스관.
[30] 빅톨 : 러시아 문학가 빅토르 위고.
[31] 카리에스 : 라틴어 caries. 만성의 골염으로 뼈가 썩어서 파괴되는 질환. 골질(骨質)이 석회 염분을 잃고 유기 성분을 액화하여, 뼈가 손상되고 고름이 나게 된다. 거의 결핵균에 의하여 늑골, 척추 따위에서 일어난다.

85

백지를 바른 동상 앞에
검은 장미가 하나 떨어져 있다.
장미 속에선 가느다란 벌레 소리가 피어오르고
내 온-몸에서도 벌레가 운다.

환등(幻燈)[32]

차단-한 램프가 하나 호텔 우에 걸려 있다.
뒷거리 조그만 씨네마엔 낡은 필름이 돌아가고
스크린 우엔 어두운 가을비가 내려퍼부었다.

호젓한 달이 하나 바람에 불리우고
분수(噴水)는 어두운 곳에서 기침을 한다.

풍속계의 어깨 너머
거리의 등불이 곱-게 불탔다.
고개 너머 유원지엔
그쳤다 이는 나발소리와 함께
밤 깊도록 매화총[33]이 피어올랐다.

---

32 이 시는 1939년 4월 『시학』에 「공원」이라는 제목으로 처음 발표되었다.
33 매화총(梅花銃) : 매화포(梅花砲). 종이로 만든 딱총의 하나. 불똥 튀는 모양이 매화꽃이 떨어지
는 것과 비슷하다.

뎃상[34]

1

향료를 뿌린 듯 곱–다란 노을 우에
전신주 하나하나 기울어지고

먼– 고가선(高架線) 우에 밤이 켜진다.

2

구름은
보랏빛 색지(色紙) 우에
마구 칠한 한 다발 장미.

목장의 깃발도 능금나무도

---

34 이 시는 1939년 7월 9일 『조선일보』에 처음 발표되었다.

부을면[35] 꺼질듯이 외로운 들길.

추일서정(秋日抒情)[36]

낙엽은 폴-란드 망명정부의 지폐
포화(砲火)에 이즈러진[37]
도룬[38] 시의 가을 하늘을 생각케 한다.
길은 한줄기 구겨진 넥타이처럼 풀어져
일광(日光)의 폭포 속으로 사라지고
조그만 담배 연기를 내어뿜으며
새로 두 시의 급행차가 들을 달린다.

포플러나무의 근골(筋骨)[39] 사이로
공장의 지붕은 흰 이빨을 드러내인 채
한 가닥 꾸부러진 철책(鐵柵)이 바람에 나부끼고
그 우에 셀로판지(紙)로 만든 구름이 하나.
자욱-한 풀벌레 소리 발길로 차며

---

36 이 시는 1940년 7월 『인문평론』 10호에 처음 발표되었다.
37 이 시어의 표준어는 "이지러진"이지만 시어의 어감을 살리기 위해 현대 표기법을 적용하지 않았다.
38 도룬(Thorn) : 폴란드의 도시 이름. 1231년에 건설된 고도(古都)로서, 뒤에 프로이센에 병합되
     었다가 제1차 세계대전의 결과 폴란드에 귀속되었다.
39 근골(筋骨) : 근육과 뼈대를 아울러 이르는 말.

호을로 황량한 생각 버릴 곳 없어
허공에[40] 띄우는 돌팔매 하나.
기울어진 풍경의 장막 저쪽에
고독한 반원(半圓)을 긋고 잠기여 간다.

---

40 처음 발표될 때에는 "공중에"로 되어 있다.

장곡천정(長谷川町)에 오는 눈[41]

찻집 미모사의 지붕 우에
호텔의 풍속계 우에
기울어진 포스트 우에
눈이 내린다.
물결치는 지붕 지붕의 한 끝에 들리던
먼- 소음(騷音)의 조수(潮水) 잠들은 뒤

물기 낀 기적만 이따금 들려오고
그 우에
낡은 필름같은 눈이 내린다.
이 길을 자꾸 가면 옛날로나 돌아갈 듯이
등불이 정다웁다.[42]

---

41 이 시는 1941년 3월 『문장』에 처음 발표되었다. '장곡천'은 현재 종로구 소재 '무교동'을 이른다.
42 처음 발표될 때에는 이 시행의 뒤에 4행이 더 있었으나 첫 단행본부터는 생략된다. 생략된 4행은
   다음과 같다. 괄호 속은 첫 발표 당시의 연과 행의 숫자이다.

   그등불우에 눈이 나린다 (3연 3행)
   보면 볼수록 하이한눈이 (3연 4행)
   빈포켓에 손을 찌른채 (4연 1행)
   나는잠자코 눈을맞는다 (4연 2행)

내리는 눈발이 속삭어린다[43]

옛날로 가자 옛날로 가자.

---

43 속삭어린다 : 속삭인다.

눈 오는 밤의 시[44]

서울의 어느 어두운 뒷거리에서
이 밤 내 조그만 그림자 우에 눈이 나린다.
눈은 정다운 옛이야기
남몰래 호젓한 소리를 내고
좁은 길에 흩어져
아스피린 분말이 되어[45] 곱-게 빛나고

나타-샤 같은 계집애가 우산을 쓰고
그 우를 지나간다.
눈은 추억의 날개 때 묻은 꽃다발
고독한 도시의 이마를 적시고
공원의 동상 우에
동무의 하숙 지붕 우에
캬스파[46]처럼 서러운 등불 우에

---

44 이 시는 1940년 5월 『여성』에 처음 발표되었다.
45 처음 발표될 때에는 "아스피린분말처럼"으로 되어 있다.
46 캬스파(casbah) : 북아프리카와 에스파냐에서 볼 수 있는 중세 및 근세에 만들어진 태수(太守),
    수장(首長)의 성채.

밤새 쌓인다.

도심지대(都心地帶)[47]

만주제국(滿洲帝國) 영사관 지붕 우에 노-란 깃발.
노-란 깃발 우에 달리아[48]만한 한포기 구름.

로터리의 분수는 우산을 썼다.
바람이 고기서[49] 조그만 커브를 돈다.

모자가 없는 포스트
모자가 없는 포스트가 바람에 불리운다.

그림자 없는 가로수.
뉴스 속보대의 목쉰 스피커.

호로[50]도 없는 전차가 그 밑을 지나간다.
조그만 나의 바리에테[51]여

---

47 이 시는 1939년 12월 『인문평론』에 처음 발표되었다.
48 달리아(dahlia) : 국화과의 여러해살이 풀.
49 '고기서'는 '거기서'의 시적 표현이기 때문에 현대 표기법을 적용하지 않았다.
50 호로(ほろ) : 일본어. (마차, 인력거 등의) 포장.

영국풍인 공원의 시계탑 우에
한 떼의 비둘기 때 묻은 날개.

글라스 컵 속 조그만 도시에 밤이 켜진다.

---

51 바리에테(Variété) : 프랑스의 시인이며 비평가인 폴 발레리(1871~1945)의 대표적 평론집.

망우리(忘憂里)[52]

弔 朴容叙[53] 兄

아 벌써 가느냐고 언제 또 오느냐고
무덤 속에 벗은 쓸쓸한 얼굴을 한다.

---

[52] 이 시는 첫 단행본에서는 1부 '荒凉'의 여섯 번째 시인데, 김광균 생애 첫 전집 이후의 판본에서는 끝에서 두 번째에 이 시를 게재하였다. 여기서는 저본의 구성을 그대로 따라 끝에서 두 번째 시로 정하였다.

[53] 이 이름은 첫 시집에서는 '朴容叔'이지만 이후에는 '朴容叙'로 바뀐다. 가장 최근에 출판된 『김광균 전집』(소명출판, 2014)에서는 "朴容淑"으로 적고 있는데, 그 이유는 밝히지 않았다. 한자어 "叔"과 "淑"은 모두 "숙"이기 때문에 첫 시집과 최근 판본에 의하면 "박용숙"이 되는데, 김광균이 직접 작업한 전집에 표기된 "叙"는 "서"로 읽기 때문에 이 때는 "박용서"가 된다. 여기서는 저본에 따라 "朴容叙"로 확정한다.

수철리(水鐵里)[54]

산비탈엔 들국화가 환-하고 누이동생의 무덤 옆엔 밤나무 하나
가 오뚝 서서 바람이 올 때마다 아득-한 공중을 향하여 여윈 가지
를 내어저었다. 갈 길을 못 찾는 영혼 같아 절로 눈이 감긴다. 무덤
옆엔 작은 시내가 은실을 긋고 등 뒤에 서걱이는 떡갈나무 수풀 앞
에 차단-한 비석이 하나 노을에 젖어 있었다. 흰 나비처럼 여윈 모
습 아울러 어느 무형한 공중에 그 체온이 꺼져 버린[55] 후 밤낮으로
찾아 주는 건 비인 묘지의 물소리와 바람 소리뿐. 동생의 가슴 우
엔 비가 내리고 눈이 쌓이고 적막한 황혼이면 별들은 이마 우에서
무엇을 속삭였는지 한줌 흙을 헤치고 나즉-이 부르면 함박꽃처럼
눈 뜰 것만 같아[56] 서러운 생각이 옷소매에 스몄다.

---

54 이 시는 1941년 1월 『인문평론』에 처음 발표되었다. 이 시는 산문시이기 때문에 연과 행이 구분
    되지 않았는데, 여기서는 저본에 인쇄되어 있는 행을 기준으로 삼아 판본을 비교하였다.
55 처음 발표될 때에는 "젖어버린"으로 되어 있다.
56 처음 발표될 때에는 "떠올것만"으로 되어 있다.

『기항지』(김광균) 원전비평 및 정본화

이 책은 김광균의 두 번째 시집 『기항지』에 대한 원전비평 및 정본화 작업의 결과물이다. 1947년 정음사에서 첫 단행본이 출판된 이래 『기항지』는 여러 판본으로 출판되었는데, 그 과정에서 원전의 표기법이 바뀌기도 하고 시어의 의미가 달라지는 등 다양한 변화가 있었다. 본 연구는 최근까지 출판된 『기항지』의 판본들을 전부 수합하여 하나하나 비교·대조하면서 맞춤법과 표기상의 오류를 바로잡는 것은 물론, 시어의 의미를 정확하게 정리하고자 하였다. 이 작업의 최종 결과물인 이 책은 『기항지』의 원형을 복원하여 그것을 토대로 현대적인 정본을 정리한 것이다. 본 정본화 작업 및 원전비평의 과정은 다음과 같다.

1. 저본 선정과 비교 판본

『기항지』라는 이름과 김광균 시 전집의 형태로 출판된 모든 판본을 수합하고 그중에 저본을 설정하는 작업이 가장 먼저 수행되었다. 그 과정에서 『와사등』(근역서재, 1977.5)을 저본으로 선정하였다. 이 판본은 김광균 생애 최초의 시 전집에 해당하는데, 일반적으로 정본 연구에서 저본 선정의 원칙은 시인의 생애 최후의 판본으로 하는 것이지만 판본 비교의 결과 김광균 생애 최후의 판본인 『정본 와사등 김광균 시 전집』(심설당, 1990)은 1977년에 발행한 『와사등』을 근간으로 하여 별다른 변화가 없었으며, '전집'이라는 의미를 놓고 볼 때 몇 편의 시가 빠지기도 하여 저본의 자격을 부여할 수가 없었다. 이에 근역서재 본을 저본으로 삼아 기타 주요 판본들을 비교하는 작업을 진행하였다. 각 판본들은 다음과 같다.

• 기본 판본

김광균, 『와사등』(근역서재, 1977.5)

1) 기준 판본 및 비교 판본

① 원발표문

② 『기항지』(정음사, 1947)

③ 『와사등』(근역서재, 1977, 김광균 생애 첫 시 전집)

④ 『정본 와사등 — 김광균 시 전집』(심설당, 1990, 김광균 생애 최후 시 전집)

⑤ 『와사등』(삶과꿈, 1994, 비매품, 김광균 사후 첫 출판 시 전집)

⑥ 『김광균 전집』(김학동·이민호 편, 국학자료원, 2002.8)

⑦ 『김광균 전집』(오영식·유성호 편, 소명출판, 2014.5)

• 기타 참고한 김광균 전기 및 연구서

『김광균 시 연구』(김태진, 보고사, 1996)

『김광균』(김유중, 건국대 출판부, 2000)

『김광균 연구』(김학동 외, 국학자료원, 2002)

가장 최근에 김광균 시편만을 모아 놓은 『김광균 시선』(김유중 편, 지식을만드는지식, 2012.8)은 첫 단행본을 저본으로 삼았으나 각 부를 구분하지 않았고, 가장 최근의 전집인 ⑦과 편집 체재와 표기법 등에서 변별성이 없기 때문에 비교 판본에서 제외하였다.

2. 판본 비교 및 대조 과정에서 확인된 각 판본의 특징

『기항지』의 정본화 작업 과정에서 주요 비교 판본으로 삼은 각 판본의 특징은 다음과 같다.

②『기항지』(정음사, 1947)는 김광균의 두 번째 시집 초판본이다. 여기서는 '황량', '조화', '도심지대'의 3부로 시편들이 나누어져 있으며, 김광균의 발문이 첨부되어 있다. 이후 판본에는 각 부의 구분이 없어졌으며, 「녹동묘지에서」에 포함되어 목차상 누락되어 있던 「반가」가 독립된 시로 편제되어 있으며, '황량'부의 「망우리」와 '조화'부의 「수철리」가 작품집의 끝에 편제된다. 「황량」을 제외한 『기항지』의 시

편 모두는 제3 시집인 『황혼가』(산호장, 1957.7, 300부 한정본)의 '기항지' 부에 재수록되어 있다. 참고로 이 판본의 목차는 다음과 같다.

'荒凉' 야차 / 황량 / 향수 / 녹동묘지에서 / 비 / 망우리 / 은수저

'吊花' 대낮 / 조화 / 수철리

'都心地帶' 단장 / 환등 / 뎃상 / 추일서정 / 장곡천정에오는눈 / 눈오는밤의시 / 도심지대

'跋文'

③『와사등』(근역서재, 1977)은 김광균 생애 첫 시 전집에 해당한다. 김광균이 손수 장정을 하고 조병화, 김규동, 김경린 등이 편집위원으로 되어 있는데, 1977년까지 간행된 시집 『와사등』, 『기항지』, 『황혼가』 등의 시편들을 게재하였고, 거기에 초기 시작들을 추가로 모아 놓았다. 『와사등』은 1960년 3판인 산호장 본을, 『기항지』는 1957년 산호장 판인 제3 시집 『황혼가』에 합편된 것을 저본으로 한 전집이다. 책의 체제는 총 5부로 구분하여 '와사등', '기항지', '황혼가', '사향도', '정거장'으로 각 시편을 나누었는데, '기항지'는 단행본과 비교했을 때 각 부의 구분을 없앴으며, 「황량」을 빼고(이 시는 3부 '황혼가'에 「취적별」로 개작되어 게재된다), 목차에 없었던 「반가」를 추가하였다. 추가된 시의 취사선택과 전체 장정에 작가가 직접적으로 관계하였고, 이후의 판본들도 이 책의 체제에 충실하게 따르고 있기 때문에 이 판본이 저본이 되었다.

④『정본 와사등―김광균 시 전집』(심설당, 1990)은 '정본'을 제목에 병기한 시 전집으로, 구상, 김규동, 박태진이 편집위원이며, 김광균 시인 생애 최후의 시 전집에 해당한다. 1990년은 김광균의 제5 시집인

『임진화』가 범양사에서 출판(1989)된 이후이기 때문에 '전집'이라고 할 때는 이 시집의 시편도 모두 게재되어야 하지만 이 책의 전반적인 체재는 1977년 근역서재 본을 그대로 따르고 있기 때문에 엄밀한 의미의 전집으로 보기 어렵다. 또한 근역서재 본과 비교했을 때 '황혼가'부의 「복사꽃과 제비」, 「영미교」의 2편, '정거장'부의 「풍경화」, 「다방」, 「화투」의 3편 등 총 5편의 시가 빠져 있어서 근역서재 본보다 충실하지 못하다. 김광균 시인의 머리말이나 책의 후반부에 실려있는 김규동의 시인론과 작품 연보, 해제는 근역서재 본의 내용을 발표 연대만 고친 채(근역서재 본의 머리말에는 "『와사등』에 처음 불이 켜진 것은 20년 전 일이다"로 되어 있는데, 이 판본에서는 "50년 전 일이다"로 바뀌어 있으며, 작성한 날짜도 1965년 11월 2일이 1989년 12월로 바뀌었다) 그대로 싣고 있다. '정본'을 제목에 병기한 의미를 찾아보기 힘든 판본이며, 작가가 장정에 관심을 가졌을지의 여부도 불확실하다. 이 판본의 유일한 특징은 한글 표기를 원칙으로 하되, 한자를 괄호 속에 병기하였다는 점이다.

　⑤『와사등』(삶과꿈, 1994, 비매품)은 감광균 사후(1993) 처음 출판된 시집으로, 구상, 김규동, 박태진이 편집위원으로 구성되어 있다. 판본의 체계는 1977년 근역서재 본을 그대로 따르고 있기 때문에 1990년 심설당 본에서 누락된 시들이 그대로 게재되어 있다. 다만 머리말이 "와사등에 처음 불이 켜진 것은 54년 전 일이다"와 1993년 12월 발표로 되어 있는데, 김광균 시인은 1993년 11월 23일에 타계하였기에 시인과는 무관하게 편집위원들이 판본의 출판년도에 맞추어 수정하였음을 알 수 있다. 이후 김광균 전집이나 작품 연보에 이 판본을 1994년 3월

에 출판되었다고 기록되어 있으나, 책에 인쇄되어 있는 날짜는 1994년 1월 5일이며, 발행은 1994년 1월 10일로 되어 있다.

⑥『김광균 전집』(김학동·이민호 편, 국학자료원, 2002.8)은 김광균 연구자들이 처음 출판한 김광균 전집으로, 시와 산문을 총집성한 유일한 김광균 전집에 해당한다. 전집의 체제는 크게 시부와 산문부로 구분하였는데, 시부의 경우 초기와 중기의 시편들이 1977년 근역서재 본을 저본으로 하여 편성되었기 때문에 총 5부로 구성된 판본의 변화는 발견되지 않는다. 근역서재 본 이후 발표된 제4 시집『추풍귀우』와 제5 시집『임진화』의 시편들은 시집의 체재 그대로 수록하였다. 각 시편별로 첫 발표지를 표기하였고, 개작되거나 변화된 부분들을 정리하고 있는데, 몇몇 시에서 발표 지면의 오류가 발견되었다. 이 판본 자체로서는 근역서재 본과 다른 부분이 없다.

⑦『김광균 전집』(오영식·유성호 편, 소명출판, 2014.5)은 시 전공자들이 엮은 가장 최근의 김광균 전집에 해당한다. 시는 발표된 시집의 순서대로 첫 단행본을 저본으로 삼아 정리하였으며, 시집 미수록편과 영역 시편까지 포괄하고 있다. 산문은 김광균의 평문과 수필, 그 이외의 글들을 모두 아우르고 있으며, 소설과 경제관련의 글까지 김광균의 모든 산문들을 망라하였다. 『기항지』는 첫 단행본인 1947년 정음사본을 저본으로 하였고, 이에 따라 책의 말미에는 초판본의 영인본을 그대로 게재하였다. 책의 본문에서는 초판본의 표기를 최대한 존중하되 몇몇 표현들을 현대 표기법으로 바꾸었으며, 필요한 경우 특정 시어에는 각주로 설명을 첨가하였다. 한자어는 한글과 병기하지 않은 채 그대로

두었다. 첫 단행본을 저본으로 하다보니 본 정본 작업의 연구결과와는 목차와 게재 시편에서 차이를 갖는데, 우선, 첫 단행본에는 게재되어 있으나 저본인 1977년 근역서재본부터 빠져있는 「황량」이 이 전집에는 그대로 게재되어 있다는 점이다. 본 연구결과에서는 저본에 따라 「황량」을 뺐으며, 시의 전문은 참고를 위해 각주에 적어 두었다. 목차상으로는 이 전집에서는 첫 단행본의 편재를 따라 세 개의 부로 구분하여 시를 게재하였지만, 본 연구결과에서는 세 개의 부를 구분하지 않는 저본에 따랐기 때문에 「망우리」와 「수철리」가 시집의 마지막에 위치한다. 이 판본은 초판본을 가장 잘 살려낸 전집이라는 장점이 있지만 본 정본 작업은 초판본을 재구하는 것이 목적이 아니라 시집에 투여된 시인의 의도를 명확하게 파악하여 그 원형을 복원하는 것을 중심에 두었기 때문에 초판본에 절대적으로 기대어 있는 이 판본은 저본이 되지 못하고 초판본 이해의 참고 판본이 되었다.

『기항지』는 첫 단행본 이후 대부분 『와사등』의 이름으로 기획된 김광균의 시 전집에 포함되는 양상을 보이는데, 그 이유는 두 가지로 설명할 수 있다. 첫째는 초판본이 해방 이후인 1947년에 발행되었기 때문에 체재와 표기법 등이 크게 달라지지 않았다는 것이며, 둘째는 첫 단행본 『기항지』에 게재된 17편의 시들이 제3 시집인 『황혼가』에 전편 재수록되었기 때문에 이것이 일종의 관행이 되어 『기항지』의 단독 출판은 기획되지 않았다. 상대적으로 단행본에 게재된 시편의 수가 적다는 것이 가장 큰 원인이기 때문에 이에 『기항지』의 원전비평과 정본 확정의 저본은 김광균 시 전집이지만 제목이 『와사등』인 근역서재 본을 삼을 수밖에 없었다.

3. 원전비평 진행과정

『기항지』에 대한 원전비평과 정본화 작업의 목적은 시인이 발표한 시의 호흡과 감성을 훼손하지 않으면서도 현대적 감성에 맞는 정본을 수립하는 것이다. 이에 따라 시인의 의도가 명백한 판본을 저본으로 하여 다른 판본들을 비교하면서 그 변화를 살펴보고 그 사이 발견되는 오류들을 수정하면서 신뢰할 수 있는 정본을 확정하고자 하였다. 정본 확정의 과정은 다음과 같은 작업으로 진행되었다.

1) 판본 대조

각 판본들을 면밀히 대조하면서 그 사이에서 발견되는 차이와 변화들을 정리하였다. 「추일서정」의 1연 중 처음 3행을 예로 들면 다음과 같다.

1연 1행

낙엽은 폴-란드 망명정부의 지폐

①② 落葉은 포-란드亡命政府의 紙幣

③⑤⑥⑦ 落葉은 폴-란드 亡命政府의 紙幣

④ 낙엽은 폴 란드 망명정부(亡命政府)의 지폐(紙幣)

1연 2행

포화(砲火)에 이즈러진

① 砲火에 이즈러진 도룬市의가을하늘을

②③⑤⑥⑦ 砲火에 이즈러진

④ 포화(砲火)에 이즈러진

1연 3행

도룬 시의 가을 하늘을 생각케 한다.

① 생각케 한다

② 도룬市의 가을하날을 생각케한다

③⑤⑥⑦ 도룬市의 가을 하늘을 생각케 한다.

④ 도룬시의 가을 하늘을 생각케 한다.

1940년 7월 『인문평론』에 처음 발표된 「추일서정」에서는 그 당시 표기법을 따르고 있기 때문에 "폴란드"를 "포–란드"로 적고 있는데, 이런 시어들을 모두 현대 표기법에 맞게 고쳤다. 그리고 처음 발표할 당시 2행은 "도룬 시의 가을 하늘을"로 끝나고 있지만 첫 단행본부터는 이 부분이 3행의 첫 부분으로 위치를 바꾸었다. 이후 모든 판본에서 시행을 첫 단행본에 의거하고 있기 때문에 여기서도 시행의 구분을 저본에 근거하여 2행과 3행으로 확정하였다.

시어의 경우도 2행의 "이즈러진"을 현대 표기법에 따르면 "이지러진"으로 해야 하지만 시어가 만들어내는 감성적 분위기를 고려하여 원

발표대로 "이즈러진"으로 확정하였다.

시행의 경우, 「눈오는 밤의 시」는 첫 발표 지면을 살펴보면, 각 시행의 간격이 매우 넓기 때문에 연을 따로 구분하지 않은 듯 보인다. 다만, 각 시행의 간격을 측정해보면 어떤 경우는 1.5cm이고, 어떤 경우는 2cm로 차이를 보이고 있다. 2cm의 간격을 연에 대한 구분으로 판단한다면 이 시는 1행+2행, 3행+4행+5행, 6행+7행, 8행+9행, 10행, 11행+12행, 13행의 총 7연으로 구분할 수 있는데, 실상 시행의 간격은 출판 사정에 따라 변화될 수 있는 것임을 감안한다면 이 시의 첫 발표 당시 시행은 연의 구분 없이 총 13행으로 구성되었다. 이것은 첫 단행본에서도 그대로 이어지는데, 다만 차이점은 첫 단행본은 시행이 14행으로 하나가 늘어났다. 저본으로 삼은 근역서재 본에서부터 2연으로 구분되어 있기 때문에 여기서는 저본에 근거하여 1연 6행, 2연 8행으로 확정하였다.

산문시인 「수철리」의 경우는 저본으로 삼은 ③의 인쇄 내용에 근거하여 각 행을 임의대로 기준삼아 비교하였고, 정본 확정의 결과는 행의 구분 없이 산문시로 정리하였다.

2) 오류의 수정

각 판본에서 발견되는 오류들을 수정하였는데, 시어의 경우를 보면, 「도심지대」의 4연 1행에서 "그림자"를 ①에서만 "그립자"로 적고 있는데, 이것은 명백한 오식이다. 또한 「수철리」에서도 첫 발표 당시에는 "흰나비처럼"으로 되어 있는데, 이것은 ⑤에서도 반복되어 나타난다.

그러나, 이 시어는 "흰나비처럼"의 오식이 분명하기 때문에 바로잡았
다. 같은 시의 "함박꽃처럽" 역시 "함박꽃처럼"의 오식으로, 정본 확정
에서는 이를 바로잡았다.

3) 현대 표기법보다 시적 의미와 어감, 호흡을 기준으로
시가 갖는 장르적 특성상 현대 표기법을 적용하였을 때 시어의 의미
가 달라지거나 그 감성이 살아나지 못하는 경우가 있다. 특히 모더니
즘 시의 대표로 꼽히는 김광균의 경우, 그만이 사용하는 독특한 시어
들이 있는데, 이것들을 현대 표기법으로 바꾸면 그 의미와 어감이 매
우 달라진다. 따라서 "차단한", "하이얀", "호을로" 등은 모두 저본의 표
기를 그대로 따르기로 하였다.
외래어인 "비오롱"의 경우 역시 현대 표기법에 따른다면 "바이올린"
으로 해야 하지만 "비오롱"과 "바이올린"은 어감과 호흡의 차이, 그리
고 소리가 만들어내는 이미지의 차이가 크기 때문에 저본의 표기를 그
대로 적용하기로 하였다.
시어의 의미 풀이는 국어사전을 근거로 찾았고, 사전에 없는 단어들
은 최대한 그 의미를 시의 문맥 속에서 파악하려 하였다. 예를 들면,
「추일서정」의 "도룬 시"에 대해서는 어휘풀이에서 "폴란드의 도시 이
름. 1231년에 건설된 고도(古都)로서, 뒤에 프로이센에 병합되었다가
제1차 세계대전의 결과 폴란드에 귀속"이라는 풀이를 삽입하였다.

4. 정본 확정을 위한 판본 비교의 기준

① 저본 : 김광균 생전 첫 시 전집에 해당하는 1977년 『와사등』(근역서재)을 저본으로 한다. 따라서 시의 전체적 편제 및 구체적 연과 행의 구분은 모두 이 판본에 따른 것이다.

② 표기 : 정본의 표기법은 현대 표기법을 기준으로 한다.

예) 안해 → 아내, 모다들 → 모두들, 람프 → 램프, 소래 → 소리

다만, 사전에 나와 있지 않는 단어나 시인의 독특한 표현, 혹은 시적 어감이 보다 더 효과적이라고 판단되는 경우는 예외로 삼고 각주로 처리한다.

그리고 현대 표기법에 어긋나더라도 시어의 음절수는 시의 리듬과 관련된 부분이기 때문에 바꾸지 않으며, 필요한 경우 고어 역시 그대로 남겨두고 각주로 처리한다.

예) 하이얀, 흐득여, 호을로, 천정, 비오롱, 비인, 저으기, 모으로, 못오기

③ 한자 : 시의 모든 한자는 대부분 국어로 바꾸되, 필요한 경우는 괄호 속에 병기한다.

예) 야차(夜車), 장포(葬布), 묘표(墓標), 반가(反歌)

④ 어휘풀이 : 어휘풀이는 각주에서 다루기로 한다. 국어사전을 기본으로 하며, 사전에 없는 단어인 경우는 연구자들의 해석과 참고자료들을 통해 그 의미를 추적하여 적는다.

⑤ 장음의 효과를 지닌 문장부호 '－' : 여기서는 장음의 음운적 효과보다 시 자체의 시각적 효과를 인정하여 그대로 사용하기로 한다.

예) 먼－, 온－, 자욱－이, 곱－게, 차단－한, 노－란, 아득－한